말도 안 되게
시끄러운
오르골 가게

말도 안 되게 시끄러운 오르골 가게

다키와 아사코

김지연 옮김

소미미디어
Somy Media

차례

* **일러두기**
이 글의 주석은 모두 옮긴이 주입니다.

돌아가는 길

조용한 가게였다.

미사키는 오른손으로 유토의 손을 잡은 채 왼손으로 무거운 나무 문을 닫았다.

딸랑, 하고 잔잔한 벨 소리가 울리더니 다시 조용해졌다. 미사키는 작은 쇼윈도에 진열된 물건들을 보고 가게 안에 음악이나 혹은 어떤 소리가 울리고 있을 거라고 생각했지만, 가게 안은 예상과 달리 아주 조용했다.

서너 평 정도 되는 아담한 가게 안에는 손님도 점원도 없었다. 가게는 안쪽으로 가늘고 길게 이어진 구조로 되어 있었는데, 천장까지 닿는 높은 선반이 좌우 벽을 따라 줄지어서 있었다. 막다른 벽에는 가로로 긴 테이블이 놓여 있고 그 안쪽에 또 다른 문이 있었다. 쇼윈도 외에는 창문이 없고 천장에 매달린 낡은 유리 갓 램프도 꺼져 있어 분위기가 어두웠다. 초여름 햇살 속을 걸어온 눈이 아직 익숙하지 않아 더 어둡게 느껴지는 건지도 모르겠다. 램프 외에도 황갈색으로 잘 닦인 마루도, 선반도, 육중한 테이블도, 가게 안의 모든 것이 예스러웠다. 고즈넉한 분위기가 어우러져 이곳이 골동품 가게든, 헌책방이든, 헌옷 가게든 어쨌거나 어느 정도 세월을 보낸 물건들을 다루는 곳으로 보였다.

왠지 모르게 유토는 이런 가게를 좋아했다. 다른 아이들과 다르게 장난감 가게나 달콤한 향을 내뿜는 케이크 가게는 쳐다보지도 않았다.

미사키는 두리번두리번 좌우를 살피는 아들의 정수리를 내려다보았다. 시선을 느꼈는지, 유토가 몸을 비틀어 이쪽을 돌아보았다. 유토가 빙긋 웃으며 미사키의 손을 끌고 선반을 향해 갔다.

천장에서 바닥까지 촘촘히 칸이 나눠진 선반에는 각 층마다 투명한 상자가 빼곡히 꽂혀 있었다. 손바닥 위에 올릴 수 있을 정도로 크기가 작은 것도 있고, 쇼윈도에 장식되어 있는 것처럼 비교적 큰 것도 있었다. 그 각각의 상자 안에는 금색 기계가 들어 있었다.

거기에 이끌리듯 유토가 오른손을 내밀었다.

"만지면 안 돼."

미사키는 무의식중에 소리 내 말하며 유토의 왼손을 잡아 당겼다. 유토가 움찔 어깨를 떨고 뻗었던 손을 움츠리더니 갑자기 오른쪽을 보았다.

미사키도 덩달아 그쪽을 바라보며 숨을 죽였다.

"어서 오세요."

가게 안쪽에 어느새 검은색 앞치마를 두른 남자가 서 있 었다.

"죄송합니다, 구경만 할게요" 하고 미사키는 쭈뼛쭈뼛 눈 치를 보았다. 하지만 점원은 싫은 내색이 없었다.

"그렇군요. 천천히 보세요."

점원은 상냥하게 말하더니 테이블 저쪽에서 뭔가 작업을 하기 시작했다. 폐를 끼치는 것 같지는 않지만, 그래도 역시 미사키는 눈치가 보였다.

오르골은 세 살배기 아이가 가지고 놀 만한 장난감이 아 니다. 특히, 유토 같은 세 살배기 아이에게는.

"슬슬 갈까?"

미사키는 잡은 손을 조금씩 흔들어보았다. 유토는 반응하지 않고 뚫어져라 오르골을 바라보았다. 손을 대지 않는 대신 얼굴을 최대한 가까이 대고 보고 있었다. 똑똑한 아이다. 아까 건드리면 안 된다고 혼난 것을 기억하는 거겠지.

미사키는 포기하고 손의 힘을 풀었다. 유토의 손이 스르륵 빠져나갔다.

평소에 말을 잘 듣는 유토가 이렇게까지 고집을 부리다니 드문 일이다. 모처럼이니 마음껏 구경하게 해주고 싶어졌다.

미사키는 곁눈질로 점원을 몰래 살펴보았다. 그는 손님을 신경 쓰는 기색도 없이 고개를 숙이고 손을 놀리고 있었다. 근처의 전등 빛이 비추어 아까보다 얼굴이 더 잘 보였다. 나이는 미사키와 비슷한 30대 중반 정도일까. 살갗이 하얗고 호리호리했다. 찰랑찰랑한 머리가 귀 아래쯤까지 자라 있었다.

미사키는 다시 선반을 향해 돌아섰다. 할 일 없이 시선을 미끄러뜨리는데 구석에 흰 종이가 몇 장인가 겹쳐져 놓여 있는 것이 눈에 띄었다.

한 장 집어 들어 보니 까칠까칠하고 거친 종이에 손으로 쓴 글씨가 적혀 있었다. 이 가게를 소개하는 전단을 직접 만든 것 같았다.

오르골 기계 속에는 말 그대로 빗살 모양인 빗comb과 원통형 실린더가 내장되어 있습니다. 빗은 피아노 건반처럼 수가 많을수록 음역이 더 넓어지게 됩니다. 돌기tooth의 수에 따라 18노트, 30노트 등으로 불리며, 144노트까지 있습니다. 이 빗이 실린더에 붙은 돌기를 튕기며 소리를 냅니다. 실린더는 회전 방법에 따라 수동식과 태엽식이 있습니다.

오르골을 구입할 때는 위 기계의 종류에 맞는 곡과 박스를 고를 수 있습니다. 곡은 기성품 중에서 선택할 수도 있고, 원하는 멜로디를 맞춤형으로 만들 수도 있습니다. 상담해주시면 실력 있는 장인이 고객님께 딱 맞는 음악을 추천해드립니다. 박스는 색상과 소재를 선택할 수 있으며, 그림을 그리거나 장식을 할 수도 있습니다. 자신이나 가족에게 추억이 담긴 물건으로, 선물용으로도 최고입니다.

세상에 단 하나뿐인, 당신만을 위한 오르골을 만들어보시면 어떨까요?

광고 문구 아래에는 추천하는 조합 예시가 몇 개 있고 가격도 적혀 있었다. 천 엔대부터 수만, 수십만 엔까지 가격폭이 넓었다. 오르골 같은 건 기념품숍에서나 보았지 전문점에 와본 것은 처음인데 상당히 심오한 것 같았다. 이 근처에 몇 번이나 왔었지만 이런 가게가 있는 줄은 몰랐다. 안정된 가게 분위기로 보아 최근에 생긴 것 같지도 않았다. 길 건너편 허름한 커피숍이 낯익은 걸 보면 이 앞을 다니면서도 못 보고 지나친 것 같았다.

갑자기 가련하고 그리운 음색이 귓가에 맴돌았다. 미사키는 흠칫 놀라 전단에서 얼굴을 들었다.

유토가 안 보인다.

초조하게 고개를 돌려보니 안쪽 테이블 바로 앞에 작은 뒷모습이 서 있었다. 순간 무심코 소리를 지르고 말았다.

"유토!"

오르골 소리가 뚝 그쳤다.

큰 키를 살짝 구부린 채 유토와 테이블을 사이에 두고 느긋하게 마주 보고 있던 점원이 미사키를 보았다. 자기 어깨 높이까지 올라오는 책상 가장자리에 두 손을 걸치고 점원의 옆을 들여다보던 유토가 한 박자 늦게 고개를 들었다.

그리고 점원의 시선을 따라간 것인지 유토도 미사키 쪽을 돌아보았다.

"죄송합니다."

미사키가 두 사람 쪽으로 달려갔다. 유토는 불안한 얼굴로 두 어른을 번갈아 바라보았다.

"아뇨, 저야말로 설명도 드리지 않고 실례했습니다. 그쪽에 있는 건 전부 샘플이니 마음대로 만져보셔도 됩니다."

미사키의 뺨이 화악 달아올랐다.

그랬다. 여기에 전시되어 있는 것은 장식품도 정밀 기계도 아니었다. 아무리 열심히 들여다보아도 그것만으로는 오르골 안에 어떤 음악이 담겨 있는지 알 수 없다. 시험 삼아 들어보는 것은 극히 평범한 일인 것이다. 부모와 자식이 같이 온 경우 어머니가 하나 정도는 꺼내서 아이에게 음악을 들려주었을 것이다.

만약, 평범한 모자였다면.

"움직이는 걸 보면 더 재미있어요."

점원이 다시 손목을 돌려 오르골을 울렸다. 미사키도 들어본 적이 있는 아이용 옛날 애니메이션 노래가 흘러나왔다. 요즘도 방영하는 걸까. 요즘은 거의 TV를 켜지 않기 때문에 미사키로선 알 수 없었다.

"음이 보이거든요."

점원이 즐겁다는 듯 말을 이었다.

미사키는 다시 기계로 시선을 내렸다. 전단에 적혀 있던 대로 원통을 옆으로 눕힌 모양의 부품과 빗살 같은 널찍한 부품이 붙어 있었다. 투명한 상자에 달려 있는 손잡이를 돌리면 원형 실린더가 움직이면서 늘어서 있는 미세한 돌기를 튕겼다.

정말로 음이 보였다.

"하나 만들어봐도 될까요."

무심코 미사키는 그렇게 말했다.

"어머님께요? 아니면 아이에게?"

점원은 미소 지었지만 손은 쉬지 않았다. 유토가 희미하게 고개를 갸웃하며 그의 손을 바라보고 있었다. 유토는 귀가 컸다. 부드러운 곡선을 가진 귓불도 두툼해서 복귀라고 해도 좋을 정도였다.

이렇게 훌륭한 귀가 제 기능을 못 하다니 정말 믿을 수 없다.

"아들에게요."

미사키는 그렇게 대답했다.

점원은 테이블 앞에 접이식 의자를 내놓고 미사키와 유토를 앉혔다.

"기계의 종류와 박스 그리고 곡을 선택하셔야 합니다."

기계는 가장 싸고 음역대가 좁은 것으로 골랐다. 그래도 16음이나 낼 수 있으니 나쁘지 않다. 점원의 말에 따르면 시

판되는 오르골에는 대개 이 기계가 들어 있다고 했다. 박스
는 점원이 보여준 견본 중에서 유토가 망설임 없이 작고 푸
른 나무 상자를 가리켰다.

"아드님을 위한 거라고 하셨죠."

점원이 혼잣말처럼 중얼거리더니 유토에게 물었다.

"좋아하는 노래가 있습니까?"

어른에게 묻듯이 정중한 말씨였다. 아이를 상대하는 데
익숙하지 않은 건지도 모른다. 처자식이 있어도 이상하지
않을 나이로 보였지만 점원의 여유로운 말투나 화사한 몸가
짐에서는 생활감이 느껴지지 않았다.

정작 질문을 받은 유토는 눈도 깜빡이지 않고 점원을 보
고 있었다. 사실 귀 기울여 듣는 것처럼 보이지도 않았다.

"곡 리스트 같은 건 없나요?"

미사키가 끼어들었다.

"죄송합니다. 리스트가 있긴 한데 아이들을 위한 것이 아
니라서요. 한자가 많아서 읽기 힘들 것 같네요."

"상관없어요. 제가 볼 거라."

"네?"

점원이 어리둥절해했다.

"하지만 아드님의 오르골이라고……."

"맞아요, 하지만 이 아이가 스스로 고르기는 어려우니까 제가 대신 고를게요."

"네, 그렇군요."

점원이 노골적으로 이맛살을 찌푸려서 미사키는 조금 울컥했다. 마치 부모가 마음대로 결정하다니 자식이 불쌍하다는 투였다.

"저 혹시 괜찮으시면,"

그는 조심스럽게 말을 이었다.

"제게 맡겨주시면 어울리는 곡을 추천해드릴 수 있는데요."

그러고 보니 전단에도 그런 내용이 적혀 있었다.

하지만 이해가 되지 않았다. 아무리 전문점 점원이라 해도 낯선 사람인데 엄마보다 이 아이에게 어울리는 곡을 고를 수 있다니.

"그건 어떻게 고르는 거죠?"

미사키가 물었다.

"으음, 고른다고 할지."

점원은 진지한 얼굴로 대답했다.

"고객님의 마음속에 흐르는 노래를 듣고 정하는 겁니다."

무슨 말인지 모르겠다. 입을 다문 미사키에게 개의치 않고 점원이 테이블 너머로 몸을 내밀었다.

"사실 저희 가게에서는 그 방법을 가장 추천합니다. 지금까지 많은 분들이 만족하셨어요."

미사키는 침묵했다. 마음속의 곡을 듣는다니 너무 수상하다. 이상한 가게에 들어와버렸구나. 혹시 가격을 턱없이 비싸게 부르는 게 아닐까?

"어떻습니까, 한번 해보시겠어요?"

"그래도, 그러면 비싸잖아요."

돌려서 거절할 생각이었지만 점원은 획획 고개를 저었다.

"그렇지 않습니다. 가능한 저렴하게 판매하고 있어요. 저희 가게에서 자신 있게 추천하는 상품이에요."

가격을 들어보니 확실히 기성품과 큰 차이가 없었다. 완성된 후 마음에 들지 않으면 반품도 가능하다고 했다.

"그럼 그걸로 부탁해요."

납득해서라기보다는 두 사람의 대화를 지켜보는 유토의 걱정스러운 표정이 마음에 걸려 미사키는 그렇게 대답했다. 더 이상 입씨름을 하고 싶지 않았다.

"감사합니다."

점원은 순순히 머리를 숙였다.

"그러면 잠시 시간 좀 내주시겠어요?"

점원은 미사키가 아니라 유토에게 말을 걸고 테이블 서랍에서 두꺼운 노트를 꺼냈다.

가게를 나온 미사키는 유토와 다시 손을 잡고 운하를 따라 돌이 깔린 골목을 어슬렁어슬렁 걷기 시작했다.

바다에 접한 이 동네는 옛날에는 해운업으로 번창했다고 한다. 지난날의 흥청거림이 사라진 지금도 항구 근처 일대에는 옛 모습이 남아 있었다. 이국적인 석조 건물과 창고가 운하 주변을 종횡으로 둘러싸고 있어서 그중에는 외관은 그대로 두고 내부만 리모델링하여 영업하는 가게도 많았다. 그 오르골 가게도 그럴 것이다. 운치 있는 수도水都의 풍경은 신선한 어패류와 함께 시의 관광자원이 되기도 한다. 그래서 항구 주변에는 관광객을 상대로 한 특산품 가게나 음식점도 많았다.

하지만 여기 사는 사람들은 뭔가 용건이 없는 한 일부러 이쪽으로 오지 않았다. 미사키도 마찬가지다. 일주일에 두 번, 항구에서 보면 역을 사이에 두고 반대편에 위치한 고지대에 있는 주택지에서 버스를 타고 일부러 여기까지 오기 시작한 것은 1년 전부터였다.

유토의 귀가 들리지 않는다는 것을 알게 된 것은 유토가 두 살 반 때였다. 그 후로 1년간 유토는 전문 학원에 다니고 있다. 선천성 난청이라며 의사는 수술을 권했다. 결단은 빠르면 빠를수록 좋고 늦어도 네 살 생일 전까지는 결정하는 것이 좋다고 했다. 즉, 앞으로 반년도 남지 않았다.

유토 쪽으로 손이 당겨져 미사키는 제정신으로 돌아왔다.

옆에 서 있어야 할 유토가 반걸음 정도 앞으로 나와 있었다. 무의식중에 걸음이 느려진 것 같았다.

"미안, 미안해."

유토가 가볍게 고개를 흔들며 앞으로 돌아섰다. 일상적으로 사용하는 간단한 말이라면 수화에 의존하지 않고도 입술의 움직임과 표정만으로도 전달되었다.

모퉁이를 돌자 운하가 끊어졌다. 골목 끝에 아담한 공원이 보여 유토와 미사키는 발걸음을 재촉했다.

공원에는 아무도 없었다. 잠시 쉴 만한 벤치도 아이들이 좋아할 만한 놀이기구도 없는 탓인지 가끔 관광객으로 보이는 사람 이외에는 대체로 사람을 보기 힘든 곳이었다. 미사키가 손을 놓자 유토가 안쪽 잔디밭으로 재빨리 달려갔다.

눈에 띄는 것은 잔디가 아니었다. 거기에 깔려 있는 철로였다. 모조품이 아니라 실제 사용하던 폐선로의 흔적이다. 쓰임을 다한 선로가 이곳을 기점으로 산책로로 정비된 것이었다. 이것도 이 거리에 활기가 넘치던 옛 시절의 자취였다.

유토는 폴짝폴짝 뛰는 듯한 걸음걸이로 철로 위를 걷기 시작했다. 우연히 이곳을 지난 이후로 마음에 쏙 들어 해 학원에서 돌아올 때는 거의 반드시 들르고 있었다. 산책로는 잔디밭 바깥으로도 이어져 있고 양쪽에 울타리가 쳐져 있어 차도 들어오지 못했다.

그렇다고는 해도 손질이 잘된 곳은 잔디밭에서 2, 3미터 정도뿐이었다. 기찻길을 따라갈수록 잡초의 키가 점점 커졌다. 땅에는 울퉁불퉁하게 파인 곳이 눈에 띄고, 큰 돌멩이가 아무렇게나 나뒹굴었다.

처음에는 유토가 넘어지지 않을까 노심초사했지만, 불안해 보이는 것은 오히려 미사키 쪽이었다. 미사키는 발이 걸리지 않게 조심하면서 유토를 쫓아갔다. 발밑에 집중하는 편이 쓸데없는 생각이 없어져 딱 좋았다. 무심코 주위를 둘러보니 철로를 지나는 서늘한 바람이 가슴속까지 솨아아 쏟아져 들어오는 것 같아 왠지 불안해졌다.

이 얼마나 쓸쓸한가. 다시는 울리지 않을 건널목, 영원히 삐걱거리지 않을 철로, 이곳은 소리가 없어진 곳이었다.

유토가 갑자기 걸음을 멈추고 쪼그려 앉았다. 철길의 틈새를 비집고서 더부룩하게 자란 잡초를 관찰하고 있었다. 미사키도 그 곁에서 몸을 숙였다. 유토가 가느다란 잡초에서 어머니의 얼굴로 시선을 옮겼다.

한 쌍의 커다란 검은 눈동자 안에 비친 미사키는 옅게 웃고 있었다. 언제부턴가 미사키에게는 슬플 때 반사적으로 미소를 짓는 버릇이 생겼다.

"돌아가자."

미사키는 입을 크게 열고 한 음절씩 끊어서 천천히 말했다.

울어선 안 된다. 유토를 불안하게 만들 순 없다. 이 아이에게는 눈에 보이는 것이 전부이기 때문이다. 변명하고 얼버무릴 수 없다.

"다음 주에 또 오자."

미사키는 수화를 썼다. 그때, 저 오르골도 받으러 가야겠다.

근처 슈퍼마켓에서 물건을 사서 집으로 돌아왔다. 미사키가 식사 준비를 하는 동안 유토는 얌전히 혼자서 놀았다. 저녁 식사를 마치고 유토를 재우고 나니 요타가 돌아왔다.

요타가 옷을 갈아입고 거실로 나오기까지 약간 시간이 걸리는 이유는 그가 침실에 들러 아들의 잠든 얼굴을 들여다보기 때문이다. 모처럼 재워놓은 아이의 방문을 요타가 세게 여닫았기 때문에 예전에는 조용히 하라고 자주 타일렀다.

미사키는 요리를 빠르게 데우고 냉장고에서 발포주 캔을

꺼냈다.

"학원은 어땠어?"

식탁에 앉자마자 요타가 습관처럼 물었다.

"응, 평소랑 똑같았어."

마찬가지로 귀가 불편한 아이들이 모이는 교실에서 유토는 우등생이었다. 무엇을 해도 이해가 빠르고, 규칙을 잘 지키고, 친구들과도 사이좋게 지내는 것 같았다. '유토 군은 정말 좋은 아이예요'라고 모든 강사가 입을 모아 말했다.

"유토는 잘 있었나요?"

배웅 나온 젊은 담임 선생님에게 미사키는 오늘도 물어보았다.

"네, 오늘도 무척 행복하게 지냈습니다."

그녀는 명랑하게 대답했다.

"안심하세요. 아무 문제 없습니다."

유토가 들어간 세 살배기 반은 일반 유치원과 마찬가지로 놀이와 그림 그리기, 수화와 글자를 배우기도 한다. 부모는 부모들끼리 다른 교실에 모여 수화를 배운다. 전문가를 초청한 강연회나 상담회가 열리는 날도 있다.

의무적으로 참여해야 하는 것은 아니지만, 미사키는 매번 출석하고 있다. 같은 처지의 어머니들과 정보를 나누는 것도 마음이 든든했다. 이야기의 내용에 따라 기운이 빠지는 날도 있지만 미사키는 유토가 기다리는 교실로 가는 복도를 걸으면서 입꼬리를 당겨 올렸다. 다른 엄마들도 다 그랬다. 자식을 데려올 때는 다들 상담회에서 보이던 비참한 표정은 지우고 마치 다른 사람처럼 온화한 미소를 짓고 있었다. 각자 자신의 아들, 딸들을 위해 웃어 보이는 것이다.

"돌아오는 길에 유토의 오르골을 샀어."

낮에 있었던 일을 떠올리면서 미사키는 남편에게 말했다.

"오르골? 유토에게?"

맛있게 발포주를 마시던 요타가 캔에서 입을 떼고 멍하니 되물었다. 미사키는 빠른 말투로 덧붙였다.

"기계가 움직이는 걸 보는 게 재미있나 봐. 굉장히 맘에 들어 했어."

요타가 이해된다는 듯 고개를 끄덕였다.

"그래, 잘됐네. 어떤 건데? 보여줘."

"아직 없어. 이제부터 만들어준대."

"어, 주문 제작품이야? 본격적이네?"

"응, 뭐. 그런데 의외로 저렴했어."

미사키가 말하자, 요타는 바로 고개를 저었다.

"가격은 괜찮아. 유토가 뭘 갖고 싶어하다니, 별일이네."

"다음 주에 학원에서 돌아오는 길에 가지러 가려고. 점원이 추천곡을 골라준대."

그럼 들어보겠습니다.

그 점원은 엄숙하게 선언하고 천천히 두 손을 귀에 갖다 대었다. 긴 머리에 숨은 양쪽 귀에 투명한 기구가 꽂혀 있는 것을 미사키는 그때 처음으로 깨달았다.

그는 익숙한 솜씨로 양쪽 귀에서 각각 기구를 떼어내 테이블 모서리에 놓았다. 딸깍, 하고 희미한 소리가 났다.

너무 빤히 쳐다보면 안 된다고 자제하면서도 미사키는 그 기구에서 눈을 뗄 수 없었다. 생김새는 보청기와 흡사했다. 하지만 이상하다. 그는 유토의 '마음의 음악'을 듣겠다고 했었다. 만약 이것이 보청기라면 이걸 벗어버리면 무언가 음악이 들린다 해도 잡아내지 못할 게 아닌가.

점원은 미사키의 시선을 개의치 않고 책상 위에 올려놓은 노트를 펼쳤다. 내지는 오선지로 되어 있었다. 그는 펜을 들고, 유토의 얼굴을 말똥말똥 응시하다가 눈을 감았다. 연기하듯 보이는 일련의 동작을 미사키는 어이없이 지켜보았다.

몇 초인지, 몇 십 초인지 그는 가만히 눈꺼풀을 감고 있었다. 그러더니 갑자기 눈을 뜨고 오선지 위에서 맹렬히 펜을 움직이기 시작했다. 태평한 분위기에서 벗어나 뭔가 다급해진 기세였다. 미사키는 점원의 기세에 눌려 그저 바라보고만 있었다. 유토는 심각한 표정으로 꼼짝도 하지 않았다.

그러다 순식간에 한 페이지를 다 채우더니 탁 하고 노트를 덮었다. 새침한 표정으로 귀에 기구를 다시 끼운 점원이 "월요일에 완성되니 가지러 오세요. 돈도 그때 받겠습니다"라고 사무적으로 말했다.

물론 그에게 정말로 음악이 들렸는지는 알 수 없다. 그럴싸하게 행동했지만 냉정하게 따지면 꽤 미심쩍다. 악보를 읽는 데 익숙하지 않은 미사키는 오선지에 늘어선 음표를 반대쪽에서 본 것만으로는 무슨 곡인지 알 수 없었다. 유토 정도 나이의 아이들이 좋아할 만한 곡을 썼을 뿐인지도 모르겠다.

반면 흥미도 생겼다. 완성된 오르골에서는 도대체 어떤 선율이 흘러나올까. 점원의 말이 사실이라면 지금까지 여러 명의 손님에게 같은 방법으로 오르골을 만들어주었다고 했다. 그런 그가 유토를 위해 선택한 음악을 미사키도 들어보고 싶어졌다.

하지만, 요타의 생각은 다른 것 같았다.

"그거 괜찮아? 수상하지 않아?"

요타의 의심스럽다는 듯한 반응에 미사키는 자세히 이야기한 것을 후회했다. 아무리 생각해도 요타가 좋아할 만한 이야기는 아니었다.

"그 점원, 유타의 귀가 불편한 건 알았어?"

"아마 몰랐던 거 같아."

그 점원은 유토의 귀가 안 들린다는 걸 눈치챈 사람들이 흔히 보이는 표정을 짓지 않았었다. 아이를 다루는 데 익숙해 보이지도 않았으니 유토 또래의 아이들이 꽤 수다스럽다는 것도 모를 것이다. 기껏해야 과묵한 아이라고 생각하지 않았을까.

"한마디 해주지 그랬어. 그럼 그런 이상한 소리도 못 할 거 아냐."

"하지만 생판 모르는 사람에게 그런……."

스쳐 지나갈 타인에게까지 동정받거나, 당황하게 만들고 싶지 않다.

"사실인데 뭐."

말을 막는 요타의 목소리에 화난 기색은 없었다. 오히려 아이를 타이르듯 담담한 말투였다.

"마음에 안 들면 반품해도 된다고 하지만 유토는 어쩔 수 없잖아? 무슨 소리가 나는지도 모르는데 마음에 들고 안 들고 할 게 없지."

요타는 옳다. 언제나 옳았다. 요타는 귀가 안 들리는 아들을 부모가 온 힘을 다해 지켜줘야 한다고 했다. 현실을 직시하는 동시에 비굴하게 굴지 말고 당당하게 맞서서 약자로서의 권리를 주장해야 한다. 우리는 부모로서 싸울 책임이 있다고.

"뭐, 이미 사버린 건 어쩔 수 없지. 유토가 좋아한다면 그게 제일이야."

요타가 이야기를 끝내듯 "잘 먹었어" 하고 손을 모아 인사했다. 그리고 식탁에서 일어서면서 혼잣말처럼 나직이 중얼거렸다.

"역시 수술을 받아야 하지 않을까?"

요즘 유토에 대한 이야기를 하다 보면 반드시 그 결론에 도달한다. 유토의 가능성을 넓혀주기 위해 가능한 한 최선을 다하고 싶다는 게 요타의 의견이었다.

물론 미사키도 그렇게 생각한다. 마음속으로는 그렇게 생각하고 있다.

단지, 머리에 전신마취가 필요한 대수술을 한다고 생각하면 아무래도 위축된다. 유토의 작은 머리가 열린다니, 생각만 해도 가슴속이 괴롭다. 그러다 돌이킬 수 없는 일이 생길 바에는 고성능 보청기나 수화를 최대한 활용해 지금 이대로 어떻게든 해나갈 수는 없을까. 다행히 유토는 수화의 이해도 빠르고, 상대의 입술 움직임이나 표정을 주의 깊게 읽는 데도 뛰어났다. 아직까지는 의사소통을 하는 데 그리 불편하지 않았다.

좀처럼 결론을 내지 못하는 미사키를 요타는 재촉하지 않았다. 유토와 가장 오래 시간을 보내는 미사키의 판단을 존중하고 싶다고 했다. 그건 아마 거짓말이 아닐 것이다. 요타는 솔직한 사람이다. 너무 솔직해서 가끔 마음이 넘쳐나기도 하지만.

학원에서 만난 난청아 부모들 사이에서도 수술을 대하는 자세는 제각각이었다. 과감하게 받아보겠다는 긍정파도, 눈치를 살피며 차근차근 생각해보겠다는 신중파도 있었다.

여러 사람이 다양한 의견을 말한다. 가까운 사람, 예를 들면 미사키의 어머니는 요타와 전혀 의견이 달랐다.

있는 그대로 받아들이라며 어머니는 미사키를 격려했다. '누구의 잘못도 아니니 네 자식에게 자부심을 가져라. 오빠도 그렇게 힘들었는데 잘되었잖니'라고.

미사키의 오빠에게는 외동딸이 있었다. 아기 때부터 신경질이 심해서 힘들다고 들었지만, 가끔 가족들이 모일 때마다 미사키는 조카딸보다 새언니의 모습에 놀라곤 했다. 출산 전 점잖고 상냥했던 그녀는 다른 사람처럼 험상궂은 얼굴로 히스테릭하게 자식을 꾸짖었다. 딸이 마루에서 뒹굴며 울부짖으면 미사키나 친척들이 보고 있는 앞에서도 오싹할 정도로 차갑게 소리를 지르며 혼을 냈다. 손을 댈 때도 있었다. 엄마 말로는 딸의 뇌에 장애가 있는 게 아닌가 의심해서 병원 검사까지 받았다고 했다. 아무런 이상이 없다고 진단 결과가 나왔을 때는 '뭔가 잘못되었다, 이 아이는 분명히 이상하다'며 의사에게 따지고 들었다고 한다.

그랬던 조카도 유치원에 들어가더니 많이 안정되었다. 작년에 초등학교에 입학해 반장이 되었다. 지금은 모녀 사이도 아주 좋다고 한다. '말이 통하게 되면서 잘 풀렸다'고 오빠는 감개무량하게 말했다. 상대의 목소리가 물리적으로 들리는 것과 그 말의 의미를 제대로 이해하느냐 마느냐는 다른 문제인 것이다.

어쨌든 그렇게 관계가 좋아지고 나서도 새언니는 손이 별로 안 가는 유토를 볼 때마다 좋겠다고 부러운 듯이 말하곤 했다. 바로 1년 전까지만 해도.

월요일, 유토의 수업이 끝난 후 미사키와 유토는 여느 때처럼 운하를 따라 걷기 시작했다.

폐선로의 잔디밭을 향해 뒤얽힌 골목을 빠져나가는 길은 여러 가지다. 미사키는 그 오르골 가게 앞을 지나가지 않는 길을 택했다.

요타의 말대로였다. 어떻게 그런 물건을 살 생각을 했을까? 그 점원은 분명 완성된 오르골을 유토에게 건네주며 들어보라고 자신 있게 권할 것이다. 아니면 스스로 작동시켜줄 수도 있다. 어쨌거나 짧은 선율이 흐른 뒤에야 마음에 드냐고 물을 게 틀림없었다.

유토는 대답할 수 없다. 이번만큼은 미사키가 대신 대답할 수도 없을 것이다.

전화해서 주문을 취소하려고도 했다. 반품도 가능하다고 했으니 별문제 없을 것이다. 그런데 곰곰이 생각해보니 미사키는 가게의 이름을 몰랐다. 교환증 같은 것도 받지 못했고, 점원은 미사키의 이름이나 연락처도 묻지 않았다. 그때는 멍한 상태라 미심쩍다고 생각하지 못했지만, 뭔가 어설프다고 할지, 적당히라고 할지, 역시 이상한 가게다. 그래도 연락 없이 바람맞히기는 싫어서 미사키는 다른 날에 혼자서 가볼 생각이었다. 사정이 생겨서 필요 없어졌다고 사과해야겠다.

유토는 미사키의 손에 이끌려 천천히 걷고 있었다. 때때로 고개를 돌려 운하의 위를 날아다니는 갈매기나 지나가는 자전거를 눈으로 좇았다.

유토는 그 가게를 잊어버렸을까. 미사키와 같이 가게를 나온 직후엔 전에 없이 멍하니 있었고 다음 날이나 그 이후에도 오르골과 관련된 이야기를 한 적은 없었다. 그 장난감을 샀다고 인식하지 못한 건지도 모른다. 그 자리에서 물건을 받지 않았고 돈도 지불하지 않았으니 그럴 만하다. 신기한 기계를 잠깐 구경했다고 생각할 가능성이 높다.

여느 때처럼 잔디밭에는 아무도 없었다. 유토는 미사키의 손을 놓고 종종걸음으로 선로를 향해 걸어갔다.

잔디밭을 가로질러 산책로 입구에 선 것까지는 여느 때와 다름없었다. 이제 항상 그렇듯이 허겁지겁 철로를 향해 달려가려나 싶었지만, 유토는 미사키의 예상을 뒤엎고 우뚝 멈췄다.

"왜 그러니?"

미사키는 중얼거렸다. 유토는 돌아보지 않았다. 뒤에서 말했으니 당연한 일인데 어찌 된 일인지 가슴이 술렁거렸다.

"유토."

달려가 어깨를 두드리려는데 어디선가 소리가 들렸다.

노랫소리였다. 미사키는 목을 쭉 뻗어 선로 끝으로 시선을 돌렸다. 멀리에 사람의 그림자가 보였다. 어른과 아이, 두 사람이었다.

엄마와 딸인 것 같았다. 잡고 있는 손을 앞뒤로 흔들며 이쪽으로 조금씩 다가오고 있었다. 그들이 부르는 노래는 처음 들어보는 동요풍의 단조로운 곡이었다. 엄마의 맑은 알토에 덧씌우듯 아이는 엉뚱한 음정으로 새된 소리를 지르고 있었다.

하늘색의 원피스를 입은 느긋한 분위기의 엄마는 미사키보다 몇 살 정도 젊어 보였다. 딸도 엄마와 비슷한 색과 무늬의 원피스를 입고 있었다. 체격은 유토와 비슷하다. 사뿐사뿐 옷자락을 흔들며 선로의 침목을 한 발 한 발 꼼꼼히 밟고 있었다. 미사키와 유토의 몇 미터 앞까지 온 두 사람은 마지막 한 음을 길게 내더니 겨우 입을 다물었다. 서 있는 낯선 모자를 의식한 것은 아니고 노래가 막 끝난 모양이었다. 모녀는 만족스러운 듯 눈짓을 주고받으며 쿡쿡 웃었다.

여자아이는 걸음이 느렸지만 멈출 것 같지는 않아서, 미사키는 유토에게 양손을 내밀었다. 이대로는 부딪치고 말테니 뒤에서 안아 올리려 한 것이다.

미사키의 손가락이 스치는 것보다도 빨리, 유토가 스스로 선로 옆으로 비켜서 길을 양보했다.

"안녕하세요."

엇갈리면서 엄마 쪽이 쾌활하게 인사했다. 딸아이도 약간 혀 짧은 발음으로 이어서 인사했다.

"안녕하세요."

미사키는 대답할 수 없었다. 목례를 하는 것이 고작이었다. 가벼운 발소리를 등지고 미사키는 무릎을 꿇고 아들의 얼굴을 들여다본다.

"유토, 괜찮니?"

유토는 엷은 미소를 짓고 있었다. 요즘 가끔 짓는 표정이다.

유토는 영리하다. 그 여자아이와 자신의 차이를 아마 이해하고 있을 것이다. 유토의 어울리지 않게 어른스러운, 달관했다고도 표현할 수 있는 미소는 미사키에게 마치 그 사실을 순순히 받아들이고 있다는 징표처럼 보였다. 화를 내지도 억울해하지도 않고 그냥 그런 것이라고 체념하고 있는 듯한.

미사키는 땅바닥에 무릎을 꿇고 유토를 껴안았다.

"유토."

많은 사람들이 다양한 말을 한다.

'유토는 착한 아이다' '문제없다'고 학원 선생님들은 말한다. 아들을 칭찬하니 미사키도 기뻤다. 그분들에게는 모자가 굉장히 신세를 지고 있어 감사하고 있다.

그렇지만, 가끔 소리치고 싶을 때가 있다. 사람 좋아 보이는 나이 어린 강사를 질책하고 싶어진다. '아무 문제가 없어? 안심해도 돼? 당신, 진심으로 그렇게 생각해?'

힘들어도 언젠가 반드시 보답받을 날이 온다고 새언니는 말했다. 육아로 무척 고생해온 그녀가 좋은 뜻으로 격려해 준다는 걸 미사키도 이해는 한다. 주눅 들지 않고 어머니에게 어리광을 부리는 조카의 모습은 예전의 아수라장을 알고 있기에 흐뭇하게 느껴진다.

하지만 역시 가슴이 아프다. 반쯤 이성을 잃고 자신의 아이와 싸우는 모습을 보면서, 나도 나중에 저렇게 되면 어쩌나 몰래 몸을 떨었던 자신이 부끄럽다. 그렇게 나쁜 생각을 한 벌을 지금에서야 받는 걸까? 하지만 그렇다면 벌을 받아야 할 사람은 유토가 아니라 나다.

'네 탓이 아니야'라고 어머니는 말했다. 요타도 같은 말을 했다. 그렇게 자신을 비난하지 말라며 미사키를 타이른다.

하지만 귀가 불편하게 낳아준 것은 바로 자신이다.

"유토, 미안해."

'괜찮아'라고 말해주고 싶어. '엄마가 운이 좋았다'고 말하고 싶어. '계속 곁에 있겠다'고 '너를 지켜주겠다'고 말하고 싶어. 하지만 자신의 목소리는 닿지 않는다. 목이 쉬도록 외쳐봤자 헛된 외침일 뿐 정작 중요한 곳에는 영영 닿지 않는다. 자신의 기분을 어떻게 하면 이 아이에게 전할 수 있을까?

미사키의 가슴에 짓눌린 유토가 답답하다는 듯 몸을 뒤틀었다.

미사키는 당황해서 팔을 풀었다. 깊이 숨을 들이마시고 천천히 내뱉었다. 눈시울이 뜨거워졌다. 유토는 곤란하다는 듯 미간을 찡그리고 미사키를 응시하고 있었다.

심호흡을 세 번쯤 반복한 뒤에야 겨우 평정을 찾았다. 목에 걸려 있던 덩어리를 삼키고 입가를 당겨 올린다.

"기다렸지, 갈까?"

선로 위로 발을 내디딘 미사키의 치맛자락을 유토가 머뭇머뭇 잡아당겼다.

"오늘은 그만할래? 집에 갈까?" 미사키의 물음에 유토가 고개를 저었다. 오른손으로 작게 주먹을 쥐더니 가슴 앞에서 빙글빙글 돌렸다.

기억하고 있었나?

"알았어, 가지러 가자."

미사키가 포기할 때까지 유토는 열심히 손을 움직였다.

가게는 지난주와 변함없이 조용했다.

"어서 오세요. 기다리고 있었습니다."

점원은 미사키를 기억하고 있었던 듯 빙긋 웃었다. 안쪽 테이블 앞에는 이미 의자가 두 개 나와 있었다.

"자, 앉으세요."

상냥하게 재촉받아 미사키와 유토는 나란히 앉았다. 언제 온다고 약속한 것도 아닌데 제법 준비성이 좋았다.

"두 분의 발소리가 들려서요."

미사키의 속마음을 꿰뚫어 본 것처럼 점원이 말했다.

이건 그의 농담일까? 이전에 본 귀에 끼운 기구에 대한 생각이 머리를 스쳐 미사키는 대꾸하기 곤란했다. 점원은 시치미를 떼고 말을 계속했다.

"금방 커피가 나올 겁니다. 아이에게는 주스를 준비했습니다."

점원이 말을 마치자마자 뒤에서 딸랑, 하고 벨이 울렸다.

가게에 들어온 사람은 하얀 앞치마를 두른 단발머리의 젊은 아가씨였다. 두 손으로 든 은빛 쟁반 위에는 컵받침에 받친 새하얀 커피잔 두 개와 노란 주스가 담긴 유리컵 하나가 올려져 있었다. 좋은 커피 향기가 풍겨왔다. 유토도 코를 벌름거리며 조용히 다가오는 그녀를 눈으로 좇고 있었다.

그녀는 테이블 위에 냅킨과 컵받침을 능숙하게 차리고 세 명분의 음료를 내려놓더니 재빠르게 한 번 가벼운 인사를 하고 나갔다.

"항상 맞은편 커피숍에 부탁합니다. 제가 아무래도 이런 건 잘 못해서요."

어쨌거나 정말로 완벽한 타이밍에 음료가 나왔다. 설마 정말로 발소리가 들리지는 않았을 테니 손님들이 가게로 들어가는 것이 보이면 바로 음료수를 준비해달라고 미리 부탁한 걸까. 게다가 이 커피, 향을 맡아보니 만들어놓은 것이 아니라 제대로 바로 내려 온 것 같았다. 한 모금 마셔보니 그것은 확신으로 바뀌었다.

"맛있다."

"그렇죠, 여기 커피는 일품입니다."

기쁘다는 듯 말한 것치고 점원은 뜨거운 커피를 음미하는 것 같지는 않았다. 미안할 정도로 입에 대는 둥 마는 둥 컵을 내려놓더니 앉은 자세를 바로잡았다.

"그럼, 한번 들어보실까요."

앞으로 쏠린 자세와 곧은 눈빛이 학원에서 그린 그림이나 꼿꼿이 한 화초를 보여줄 때의 유토와 똑같았다.

미사키는 옆을 보았다. 두 다리를 흔들흔들 흔들며 주스를 마시던 유토가 고개를 끄덕였다.

"여기 있습니다."

점원이 테이블 아래에서 푸른 작은 상자를 꺼내, 유토의 정면에 살짝 놓았다.

"자."

유토가 양손을 뻗어 상자를 끌어당겼다. 뚜껑을 열고 안쪽 기계에 시선을 떨구고는 가느다란 손잡이를 손가락으로 잡고 슬슬 돌리기 시작한다.

흘러나온 노래는 자장가였다.

빨라졌다 느려졌다 더듬거리던 선율은 이윽고 안정됐다. 미사키는 소박한 음색을 멍하니 듣고 있었다.

잘 아는 곡이었다. 미사키 자신이 유토를 위해서 몇 번이나 불렀던 노래였다.

유토는 좀처럼 울거나 보채지 않는 아기였지만 잠버릇은 그리 좋지 않았다. 세상의 즐거운 일을 하나도 놓치지 않으려고 작정한 듯 동그란 눈을 또랑또랑하게 뜨고 언제까지나 잠을 청하지 않았다. 유토의 귀가 불편하다는 걸 알기 전 미사키는 아들을 재우기 위해 이 노래를 여러 번 불렀다. 어떤 때는 팔에 안고 흔들어 달래면서, 어떤 때는 침대에 눕히고 톡톡 부드럽게 배를 두드려주면서.

내 목소리가 아이에게 닿고 있었어.

미사키의 눈앞에서 파란 상자의 형태가 번져나갔다. 완만하게 움직이는 유토의 동그란 손도 흐릿해졌다. 미사키는 얼른 냅킨을 들어 눈가에 갖다 댔다.

오르골 소리가 끊어졌다.

얇은 냅킨이 금방 축축해져 미사키는 주머니에서 손수건을 꺼냈다. 계속 눈물을 닦는 미사키의 등을 유토가 어색하게 쓰다듬어주었다. 따뜻한 손바닥의 감촉이 포근했다.

아이는 미사키의 생각보다 더 많은 것을 터득하고 있었다. 누가 가르쳐준 것도 아닌데 눈물을 흘리는 사람이 있으면 등을 어루만지며 위로할 줄 알았다.

미사키는 자신이 유토의 곁에 붙어 있어야 한다고 생각했다. 무슨 일이 있어도 이 아이를 지켜야 한다고 생각했다. 하지만 이러면 반대였다. 유토가 미사키의 옆에서 그녀를 지켜주고 있었다. 왠지 이상한 기분이 들어서 미사키는 울면서 작게 웃었다.

"미안해."

울면 안 된다. 유토에게는 슬퍼서가 아니라 기뻐서 우는 거라고 전하기가 어렵기 때문이다.

어렵겠지만, 그래도 전하고 싶다.

"고마워."

심각한 표정으로 미사키의 눈을 들여다보던 유토가 표정을 누그러뜨렸다.

미사키의 귓속에, 그리고 마음속에도 편안한 자장가가 울려 퍼진다. 부드러운 음색에 감싸여 어느새 눈물은 그쳐 있었다.

콧노래

그 둥근 접시는 아침 안개 같은 유백색을 띤 반투명의 매끈하고 두꺼운 유리로 만들어져 있었다. 크기는 직경 30센티미터 정도로 한 손에 들기는 약간 힘들 정도로 무거웠다. 가장자리에는 금빛 담쟁이덩굴 무늬가 빙 둘러 그려져 있고 자세히 보면 이파리 그늘 쪽에 새 두 마리가 조용히 날개를 쉬고 있어 리카는 이것을 새 접시라고 불렀다.

　　"오래 기다리셨죠?"

　　비슷한 접시가 장식된 진열대를 물끄러미 바라보던 준페이는 등 뒤에서 들린 목소리에 뒤를 돌아보았다.

　　"죄송합니다. 원하시는 상품이 공교롭게도 절판되었네요."

콧노래

45

중년의 여성 점원은 돌이킬 수 없는 실수라도 저지른 것처럼 나지막이 고개를 숙였다. 분위기에 휩쓸려 왠지 모르게 준페이도 사과하고 말았다.

"그렇군요, 죄송합니다."

딱히 그걸 애타게 찾던 것은 아니었다. 점원이 의욕적으로 말을 걸기에 2년 전 접시를 살 때가 떠올라 시험 삼아 물어본 것뿐이었다.

"같은 시리즈의 큰 접시 중에 디자인이 조금 다르게 나온 건 재고가 몇 개 있는데요, 괜찮으시면 카탈로그를 보시겠어요?"

점원은 준페이에게 거절할 틈을 주지 않고 기세 좋게 말을 이었다. 붉게 칠한 입술이 반들반들 빛나고 있었다.

"잠시만 기다려주세요."

다시 혼자 남겨진 준페이의 옆으로 여러 쌍의 손님들이 지나간다. 오봉(お盆, 양력 8월 15일에 기념하는 일본의 전통 명절. 대부분 일본인들은 이날을 전후로 하여 여름 휴가를 보낸다.—옮긴이) 연휴라서인지 가게 안에는 가족 단위 손님이 많았다. 젊은 남녀와 노부부도 있었다. 깨지기 쉬운 물건을 파는 가게인데 어린아이들이 소리를 지르며 뛰어다녔다.

그 접시가 깨졌을 때 리카는 화내지 않았다. '어쩔 수 없지, 형태가 있는 건 언젠가 반드시 부서지는 거야'라고 달관한 얼굴로 말했다.

형태가 있는 것은 반드시 부서진다. 요즘 그 말이 계속 준페이의 머릿속에 들러붙어 떠나지 않았다.

계속해서 말을 거는 점원을 겨우 떼어내고 준페이는 가게를 나왔다.

운하 주변을 아무렇게나 걸어 다녔다. 하늘에 회색 구름이 펼쳐져 있어서인지 도쿄보다는 서늘했지만 물가는 푹푹 찌는 듯 더웠다. 돌이 깔린 골목길에도, 운하를 사이에 둔 저편에도 고풍스러운 서양식 건물이 늘어서 있었다. 셔터를 내린 채 폐가처럼 보이는 가게도 있고, 내부를 개조해 영업하고 있는지 빛이 새어 나오는 가게도 있었다.

드문드문 스쳐 지나가는 관광객으로 보이는 사람들은 운하를 가로지른 다리 위에서 사진을 찍거나 일행과 가이드북을 들추며 무언가 상의하는 등 다들 즐거워 보였다.

갈림길과 마주칠 때마다 사람이 적은 쪽을 택해 걷다 보니 주변에 사람이 보이지 않게 되었다. 준페이는 다리가에 멈춰 서서 운하를 내려다보았다. 어두운 수면에 부루퉁하고 시무룩한 얼굴이 비쳐 흔들흔들 덧없이 흘러갔다.

시선을 돌려 다시 좌우를 둘러보았다. 처음 보는 풍경 같기도 하지만 기억에 남아 있는 풍경 같기도 했다.

"준페이는 왜 가게 이름이나 가는 길을 기억해놓지 않아?"

외출했을 때 리카는 종종 준페이에게 질리곤 했다. 잡지에서 보고 가보자던 카페의 이름도, 다시 오자고 의기투합했던 음반 가게도 기억하지 못했기 때문이다.

"정말 의욕이 없네."

"하지만 기억할 필요 없으니까."

어차피 리카가 다 기억하고 있었다. 몰라도 그 자리에서 척척 알아낸다.

"나왔다, 준페이의 특기, 남에게 떠넘기는 거. 그거 어떻게 좀 해. 진지하게 하는 말이야."

네 살 연상이라서인지, 리카는 자주 준페이를 타일렀다. 리카는 그런 식으로 뭐든 금방 결정하기 때문에 준페이가 나서기 어렵다고도 할 수 있다. 물론 그런 말을 본인에게 할 수는 없지만.

"내가 같이 있으면 괜찮지만, 혼자 있을 때는 곤란하잖아."

"괜찮아. 혼자 있을 때는 알아서 잘하니까."

둘러대려고 대충 하는 소리가 아니다. 대학 시절엔 몰라도 회사에 들어간 지금은 잘하고 있다. 적어도 그렇게 생각하고 있다. 상사나 동료들에게도 혼자서는 아무것도 못한다는 식의 핀잔은 들은 적이 없었다. 오히려 나이에 비해 야무진 편이라는 칭찬을 많이 듣는다.

"하면 잘해, 나도."

리카는 의심스럽다는 듯 어깨를 움츠렸다.

하지만 속으로는 알고 있었는지도 모른다. 왜냐하면 모순되지 않은가. '혼자 있을 때는 곤란하잖아'라고 잘난 척하듯 말해놓고 이렇게 준페이를 혼자 두다니.

한 달 전쯤, 리카가 다음 달에 친정으로 가겠다고 운을 뗐다.

토요일이라 둘 다 집에서 쉬고 있었다. 저녁을 먹고, 준페이는 TV 앞에 누워 축구 중계를 보고 있었다.

"오본 때?"

반쯤 화면에 정신이 팔린 채 건성으로 물었다. 별일이라는 생각이 언뜻 들었다. 둘이서 산 이래로 리카가 고향에 가는 일은 좀처럼 없었다. 기껏해야 새해 첫날, 그것도 당일치기로 돌아왔다.

리카는 고향을 싫어했다. 산과 바다와 논밖에 없는 뚝 떨어진 시골이라 마을 주민 모두가 아는 사이라고 했다. 태어나서 도쿄 근교보다 멀리 나가본 적이 없는 준페이로서는 상상하기 어려운 환경이었다. 준페이는 리카의 친정에 간 적도 그녀의 부모님을 만난 적도 없었다. 동거를 시작할 때 인사 정도는 해야 할까 생각했지만 리카가 귀찮아질 거라고 해서 그만두었다. '딱히 결혼하는 것도 아니니까'라며 그때 는 리카도, '귀찮은 일'을 피하고 싶다는 말투였다.

"응, 일단은."

"일단은?"

그 말의 의미가 준페이의 머릿속에 스며들기까지 몇 초가 걸렸다.

준페이는 상체를 일으키고 허리를 비틀어 뒤돌아보았다. 리카는 좌탁 건너편에서 어린아이처럼 무릎을 세워 안고 있었다.

"그게 무슨 뜻이야?"

어느 팀인가 득점을 놓쳤는지 뒤에서 과장스럽게 탄식하는 목소리가 터져 나왔다.

"그러니까, 그렇게 됐어."

지금쯤 리카는 어떻게 지내고 있을까.

맞선은 벌써 끝난 걸까, 아직 안 본 건가? 애초에 상대는 한 명인 걸까, 아니면 여러 군데에서 이야기가 들어온 건가. 자세한 사항은 묻지 않아서 모르겠다.

그로부터 한 달 동안 준페이는 할 수 있는 모든 노력을 했다. 우선은 싸웠을 때 항상 그랬듯이 사과를 했지만 리카의 반응은 여느 때와는 달랐다. 알았으면 됐다는 듯 농담조로 화해를 하지도 않았고, 대충 사과부터 하지 말라며 점점 더 화가 난 얼굴로 아무 말도 하지 않았다.

반성의 빛을 보이기 위해 준페이는 리카가 만든 저녁 식사를 칭찬한 뒤 식후엔 솔선해서 설거지를 하고, 청소 당번이 아닌 날에 청소기를 돌리기도 했다. '고마워, 도움이 됐어' 하고 리카는 일일이 성실하게 감사 인사를 했다. 역시 평소 싸웠을 때와는 반응이 달랐다. 평소같이 하다간 끝이 없을 것 같다고 비로소 준페이도 깨달았다.

그래서 분수에 맞지 않는 여행 계획을 세웠다.

여행지를 이 동네로 정한 것은 둘이서 처음으로 여행한 장소였기 때문이다. 그때 너무 좋아서 다시 오자고 몇 번이나 얘기했는데도 매번 기회가 없어서 그냥 지나갔다. 솔직히 말하면 이렇게 될 때까지 준페이는 거의 잊어버리고 있었다. 어떻게 해서든 리카의 마음을 돌릴 수 없을까 하고 필사적으로 생각하다 즐거웠던 여행의 추억이 문득 되살아났다. 마치 무언가의 계시인 것 같았다.

"오본 휴가는 다시 그곳으로 가자."

내기라도 거는 마음으로 준페이는 리카에게 권했다.

"비행기나 숙소는 내가 다 준비할게. 리카 씨는 따라오기만 하면 돼."

"생각해볼게."

리카의 대답을 듣고는 안심했다. 매사에 솔직한 리카이니 올 마음이 없었으면 바로 거절했을 것이기 때문이다.

그래서 마지막 순간에 '미안하다'고 사과할 줄은 생각도 못 했다.

"역시 못 가겠어. 비행기는 내가 취소할게. 돈도 내겠어."

고개 숙인 리카를 준페이는 멍하니 바라보았다.

하고 싶은 말은 많았다. '왜?' '다시 생각해봐' '못 가는 게 아니라 안 가는 거 아냐?' '그것보다 왜 갑자기 맞선을 봐?'

하지만 막상 준페이의 입에서 흘러나온 것은

"아, 그래."

하는 얼빠진 대답이었다.

그렇게 준페이는 어이없이 내기에 졌다. 차라리 자신의 비행기와 호텔도 취소해버릴까 생각했지만, 애써 마련한 닷새간의 연휴를 리카도 없는 아파트에서 외롭게 보내다니 상상만 해도 지겨웠다. 무더운 도쿄를 떠나 서늘한 북쪽 지방에 가보면 얼마간 마음에 여유가 생기지 않을까 하는 생각도 들었다.

하지만 그렇지 않았다. 여행을 떠난다고 저절로 마음에 여유가 생기는 건 아니었다. 어디를 가도 결국 똑같은 근심이 준페이의 마음을 차지하고 있었다.

운하를 벗어나 모퉁이를 돌자 가게 하나가 눈에 띄었다. 쇼윈도를 한참 바라보다가 준페이는 빨려 들어가듯 가게 문을 밀었다. 딸랑, 하고 건조한 벨 소리가 울렸다.

가게 안에는 아무도 없었다. 손님도, 점원조차도. 천장의 전등도 꺼져 있었다. 혹시 쉬는 날인가? 아니, 쉬는 날이면 입구에 자물쇠가 잠겨 있었겠지.

쇼윈도에서 들어오는 빛에 의지해 벽을 거의 덮고 있는 키 큰 선반으로 조심조심 다가간다. 다양한 크기의 투명한 상자에 담겨 있는 오르골이 가지런히 진열돼 있었다.

"어서 오세요."

느닷없이 목소리가 들려 준페이는 선반으로 뻗던 손을 움츠렸다.

가게 안쪽에 놓인 테이블 옆에 검은색 앞치마를 두른 남자가 서 있었다. 안쪽 문에서 나온 것 같았다. 그릇 가게에서 만난 집요하게 물고 늘어지던 점원이 생각나, 준페이는 순간적으로 긴장했다.

"천천히 보세요."

하지만 준페이의 예상과 달리 그는 쌀쌀맞게 말했을 뿐 다가오지 않았다. 그는 별로 의욕이 없어 보였다. 홀쭉하게 말라서 키는 크지만 그림자가 옅다고 할까, 낡은 가게에 녹아 있다고 할까, 언뜻 보면 사람이라기보다 가게 안의 장식물처럼 보일 정도였다.

준페이는 어깨 힘을 빼고 선반 위로 시선을 올렸다. 상자 옆면에 붙은 작은 라벨에 곡명과 가수 이름이 깨알 같은 글씨로 인쇄되어 있었다. 쇼와시대 가요도, 할리우드 영화 주제가도, 아이돌이 부른 유행가도 있다. 동요에 엔카, 비틀스에 미소라 히바리, 쇼팽도, 애니메이션 주제가도 갖추어져 있다.

리카의 콧노래 같다고 문득 생각했다. 리카는 음악을 사랑했다. 종류는 상관없었다. 맥락도 규칙도 없이 그때그때 머리에 떠오른 멜로디를 두서없이 콧노래로 불렀다.

두 사람이 만난 것도 음악이 계기였다.

대학교 4학년 여름방학, 준페이는 호쿠리쿠에서 열린 야외 음악 페스티벌에 다녀왔다. 친한 동급생이 음악을 굉장히 좋아해서, 그에게 이끌려 따라갔던 것이다. 어차피 취직이 결정된 즈음이라 시간도 남아돌았다.

스키장을 이용한 넓은 회장에는 무대가 여러 개 설치되어 해외에서 찾아오는 유명한 뮤지션이나 일본의 인기 밴드가 몇 팀이나 공연을 하고 있었다. 무대마다 여러 라이브가 동시에 이루어지므로 친구들은 듣고 싶은 연주를 놓치지 않기 위해 면밀하게 계획을 세웠다. 준페이도 처음엔 그를 따라 이곳저곳 무대를 분주히 오갔지만, 이내 너무 혼잡하고 더워서 중간에 포기했다.

저녁에 만나기로 약속하고 일단 친구와 헤어진 뒤, 준페이는 주요 무대가 아니라 행사장 내에 간간이 있는 간이 무대 쪽을 어슬렁어슬렁 둘러보았다. 이쪽은 비교적 인기가 없는 신인 밴드가 많은 듯, 관객들도 적어 한가로웠다. 구름 한 점 없는 하늘 아래 푸른 초원에서 도시락을 펼쳐놓고 피크닉하듯 휴식을 취하는 가족들도 있었다.

맥주라도 마실까 싶어 매점으로 향하던 준페이는 걸음을 멈추었다. 애처로운 기타 선율이 바람을 타고 귀에 닿았던 것이다.

비슷한 무대 속에서 그곳은 유난히 북적였다. 연주하는 밴드가 현지 출신의 젊은 인디밴드인 것도, 이들의 신곡이 라디오 인기 순위 상위에 올라 데뷔를 앞둔 시기라 팬들이 열광한다는 것도 당시 준페이는 몰랐다. 다만 소박한 기타 선율에 맞춰 비밀스러운 이야기를 속삭이는 듯한 여성 보컬의 목소리에 이끌려 무대를 둘러싼 사람들 사이로 끼어들었다.

다음 곡이 시작된 지 얼마 되지 않았을 때 준페이는 오른쪽 발등에 극심한 통증을 느꼈다.

"아야!"

준페이의 비명에 앞에서 몸을 흔들고 있던 몇 사람이 귀찮은 듯이 뒤돌아보았다.

상당한 거한에게 밟혔나 싶었지만 범인은 몸집이 작은 여자였다. 어지간히 힘주어 짓밟은 모양이다. 그녀는 손이 닳도록 사과했다. 혹시 다쳤을지도 모르니 연락처도 교환했다. 이름이 리카라는 걸 그때 알았다.

만약 입장이 반대였다면 아무 일도 없었을 것이다. 발을 밟힌 리카는 부주의한 남자를 노려보는 걸로 분을 풀고 연락처를 가르쳐줄 생각은 하지 않았을 것이다. 준페이는 그 자리를 온화하게 마무리하는 데 급급했을 것이고, 그녀의 귀여운 외모를 눈여겨볼 여유도 없었을 것이다.

도쿄에 돌아가고 며칠 후, '발은 괜찮으세요' 하고 메시지가 왔고 이후 순조롭게 일이 진행되었다.

한 달 정도 지나 두 사람은 사귀기 시작했고, 반년 후 준페이는 취직을 했다. 신기하게도 그의 직장인 자동차 회사의 영업소가 리카가 보육교사로 일하는 보육원과 같은 동네에 있어 일주일에 한두 번씩 퇴근길에 연락해 만나게 되었다. 그리고 이듬해 집에서 도심까지 편도 한 시간 반이라는 통근 시간에 지친 준페이가 이사를 고민하던 차에 리카와 같이 살던 친구가 결혼하게 되었다. 리카가 먼저 자기 집으로 들어오라고 스스럼없이 말을 꺼냈다. 준페이도 고맙다며 편하게 받아들였다.

만난 지 4년, 함께 살기 시작한 지 2년 반, 모든 것이 잘되어갔다. 그래야 했다.

그런데.

"그쪽에 진열된 건 극히 일부입니다."

누군가 말을 걸어와 준페이는 벌떡 일어났다. 어느새 아까 그 점원이 옆에 서 있었다.

"맞춤 제작도 가능합니다. 고객님 한 분 한 분이 원하시는 대로 만들어드려요."

준페이는 저도 모르게 그 밴드의 이름을 찾고 있었다는 걸 깨달았다. 4년 전, 히트곡 하나를 내고 사라진 무명 인디 밴드의 곡이 오르골로 만들어져 있을 리도 없는데 말이다.

"어떤 곡이든 다 만들 수 있어요."

그가 다짐하듯이 덧붙였다. 준페이는 도망치듯 가게를 떠났다.

어림짐작으로 원래 왔던 방향이다 싶은 쪽으로 발길을 돌렸다. 조금씩 길 폭이 넓어지면서 차와 보행자가 늘어나더니 금방 관광객으로 붐비는 번화가로 나왔다.

거리에 크고 작은 가게가 즐비했다. 흔한 기념품 가게나 이 거리의 특산물인 해산물을 취급하는 전문점, 커피숍과 레스토랑도 섞여 있었다. 교차로의 대각선 방향에 있는 디저트 가게의 간판을 알아본 준페이는 비틀비틀 횡단보도를 건넜다.

"있다, 있어. 여기 여기."

통통한 젊은 여자가 준페이를 앞질러 가게에 들어갔다. 그 여자도, 손목을 잡혀 끌려간 일행도 준페이 또래인 것 같았다. 활짝 열린 자동문에 이끌리듯 준페이도 가게 안으로 들어섰다.

달콤하고 고소한 냄새가 살짝 코를 간지럽혔다. 1층은 포장 판매를 하는 곳으로, 생과자와 구움 과자가 진열된 진열장이 ㄷ 자 모양으로 늘어서 있고 분홍색 앞치마를 두른 점원이 여럿 있었다. 원하는 케이크를 골라 2층에 마련된 커피숍에서 먹고 갈 수도 있었다.

이 가게에는 2년 전에도 왔었다. 바로 이 진열장 앞에서 리카와 말다툼을 했다.

계기는 사소했다. 스테디셀러 상품인 수플레 치즈 케이크를 먹을지, 한정 판매 중인 망고 타르트를 먹을지, 리카는 끝없이 망설인 끝에 준페이에게 의견을 물었다.

"뭐가 좋을까?"

"아무거나 상관없잖아?"

기다림에 지친 준페이가 대충 대답하자 리카의 얼굴이 굳어졌다. 큰일이라고 눈치챈 준페이는 덧붙였다.

"고를 수 없으면 둘 다 먹을까?"

"아깝잖아."

리카의 표정이 한층 험악해졌다. 생각해서 권한 건데 왜 혼나는 건지 준페이는 도무지 영문을 알 수 없었다.

"준페이는 늘 진지하게 생각해주질 않네."

결국 그대로 가게를 나왔다. 케이크는 사지도 않았다.

다시 생각해보면, 2년 전의 여행도 즐겁지만은 않았다. 케이크뿐만 아니라 리카는 뭐든지 아깝다고 했다. 운하를 둘러보는 유람선도, 유구한 거리를 안내해주는 인력거도, 거들떠보지도 않았다. 저녁은 맛있는 걸로 먹자고 해도 초밥 가게보다는 선술집에 가고 싶어했다. 아까 체크인했던 운하에 접한 벽돌 건물이 유명한 유서 깊은 호텔도 리카였다면 예약하지 않았을 것이다.

준페이도 사치를 좋아하는 것이 아니었다. 딱히 인력거 같은 걸 타고 싶지도 않았다. 하지만 모처럼 왔으니까 뭔가 조금은 특별한 일을 하고 싶었다. 그러나 리카는 검소한 것은 구두쇠라서가 아니라 진지하게 생각하는 증거라고 했다. 흘려들으면 다시 뾰로통해질 것 같은 예감이 들어서 준페이는 '뭘?' 하고 물었다. 리카는 정색하고 '장래'라고 곧바로 대답했다.

"어떤 걸로 할래?"

먼저 들어온 커플이 진열장을 들여다보며 이마를 맞대고 상담을 하고 있었다.

"나는 치즈 케이크, 아니면 블루베리 타르트."

"둘 다 먹을래?"

"두 개는 너무 많아. 아까워."

준페이는 뒤에서 무심코 귀를 쫑긋 세웠다.

"기왕 왔는데 뭐 어때."

"안 돼. 둘 중 하나를 고르지 않으면 케이크에도 나쁘대."

"케이크에 나쁘다니 그게 뭐야."

남자가 웃음을 터뜨리고 여자는 홱 외면했다. '힘내라' 하고 준페이는 그에게 말없이 응원을 보냈다.

"알았어, 알았어."

남자가 여자의 어깨를 감싸 안았다.

"그럼 치즈 케이크로 하자. 나는 블루베리 타르트로 할 테니까 반씩 나눠 먹자."

"완전 좋아, 고마워!"

들뜬 발걸음으로 계단을 올라가는 그들을 보고 있노라니 모든 게 다 우스웠다. 준페이는 진열장에 다가가 치즈 케이크와 블루베리 타르트를 하나씩 주문했다.

느릿느릿 운하를 따라가는 유람선의 갑판은 훌륭할 정도로 커플로 가득 차 있었다.

가운데에 벤치도 몇 개 있었지만 거의 모든 승객이 갑판 주위에 둘러쳐진 난간 옆에 서서 완만하게 흘러가는 경치를 구경하고 있었다. 준페이 오른쪽 옆에는 중학생쯤 되어 보이는 천진난만한 얼굴의 소년 소녀가 어색하게 손을 잡고 진지한 표정으로 정면을 보고 있었다. 왼쪽에는 20대로 보이는 남녀가 풍경은 제쳐놓고 도란도란 이야기를 나누고 있었다. 그 너머에는 남매로 보일 정도로 꼭 닮은 중년 부부가 망원카메라로 커플 사진을 찍어대고 있었다. 배 뒤쪽에 있는 백발의 노부부는 나뭇가지처럼 깡마른 팔로 서로 팔짱을 끼고 남은 손으로는 난간을 부여잡고 있었다. 젊은 연인들 못지않게 찰싹 달라붙어 있는 건 애정의 표시라기보다는 발밑의 안전을 보장받기 위해서일 것이다. 아니, 서로의 안전을 염려하는 것이 애정인지도 모른다.

여기에 있는 남녀노소는 모두 진지하게 장래를 생각하고 있는 것일까. 적어도 생각한 적이 있었던 걸까. 짝을 이룬 하나 인형처럼 각자가 고른 여자와 이어진 남자들에게 어떠냐고 물어보고 싶다.

리카가 장래라는 말을 자주 입에 올리게 된 것은 최근 1년 전부터였다. 20대의 마지막이라는 불온한 수식어가 붙기 시작한 시기와 겹친다.

리카는 연하의 연인이 너무나 느긋해서 의지할 수 없다는 듯이 한탄했지만, 준페이는 하루 벌어 하루 사는 처지도 아니고, 리카에게 얹혀사는 것도 아니었다. 정규직으로 꼬박꼬박 출근하고 집세와 생활비는 리카와 절반씩 나눠 내고, 적금도 붓고 있었다. 잔업비나 보너스가 나오면 외식을 했고, 리카에게 사주는 일도 많았다. 젊은 남자들이 여성스럽다든가 생활력이 없다고 야유를 받기 쉬운 요즘, 준페이는 평균 이상으로 착실하게 살고 있다고 생각한다.

"난 겨우 스물다섯인데."

한 번 그렇게 대꾸한 적이 있었다. 이 나이에 미래에 대해 신경을 곤두세우는 것이 오히려 비정상적이다.

"곧 스물여섯이잖아. 반올림하면 서른이거든."

리카는 받아들이지 않고 반박했다.

"반올림을 왜 해?"

"좋지? 우리 당분간 동갑이야."

그 말을 했을 때까지는 아직 리카도 웃고 있었다.

"동갑, 동갑."

리카가 이상한 멜로디를 붙여 반복해 말했다. 무엇이든 노래로 만들어버리는 것은 리카의 버릇이었다. 연상이라고 항상 어른스럽게 굴면서 한편으로 그런 아이 같은 면이 귀여웠다.

그래서 준페이도 기분이 누그러져 건방진 소리를 했다. 나이에 관한 화제는 빨리 끝내는 게 철칙인데 무심코 쓸데없는 소리를 덧붙인 것이다.

"스물여섯이랑 서른은 완전 다르지."

"그런 건 나도 알아."

리카의 표정이 금세 흐려져, 준페이는 초조해졌다.

"난 신경 안 써. 리카 씨, 원래 동안이고 피부도 좋잖아."

위로가 아니라 진심이었다. 준페이는 리카의 나이는 전혀 신경 쓰지 않았다.

리카는 지난달에 서른 살이 되었다. 서른이 되자마자 돌연 아무 말도 하지 않게 되었다. 적당히 넘어갔다고 느긋하게 생각했던 준페이는 리카의 말대로 역시 너무 낙천적인 것일까.

"봐, 갈매기야."

왼쪽 옆에 있던 여자가 대각선 방향을 가리켰다. 준페이도 고개를 들었다. 터질 듯 살찐 새하얀 갈매기 두 마리가 우아하게 날아가고 있었다.

준페이는 이제 그만 생각을 멈춰야겠다고 생각했다. 문제는 리카였다. 모든 것은 리카 하기 나름이다. 혼자 이런 곳에서 우물쭈물 괴로워해봐야 소용이 없다. 자신은 할 만큼 했다. 이제는 리카가 어떻게 할지 얌전히 기다릴 수밖에 없다.

"저기 봐."

이번에는 오른쪽에 있던 중학생이 포니테일을 흔들며 일행에게 속삭이고 있었다. 또 갈매기인가? 무심코 통통한 손가락이 가리키는 방향으로 눈길을 주었던 준페이는 숨을 삼켰다.

운하 변두리에 가로놓인 항구 위 하늘에 자욱한 잿빛 구름이 한 군데만 끊어져 있었다. 그 사이로 바다를 향해 하얀 햇빛이 똑바로 비추고 있었다.

역시 리카도 왔으면 좋았을 텐데. 그랬으면 성스러울 정도로 깨끗한 햇살의 띠를 함께 볼 수 있었는데. 또다시 미련이 남은 듯 리카 생각을 해버렸다, 준페이는 고개를 흔들었다. 이제 그만하자. 다시, 아까보다 더 강하게 자신을 타이르며 준페이는 눈앞의 한 줄기 햇살을 바라보았다. 나는 혼자서도 괜찮다.

나도 한다면 하는 사람이다. 실제로, 직장에서는 어엿한 사회인으로서 완벽하게 일하고 있다. 야무진 리카와 둘이 있을 때는 리카가 뭐든지 먼저 알려주는 바람에 그냥 맡겨버린 것뿐이다.

이참에 혼자만의 시간을 만끽해보자. 치즈 케이크와 블루베리 타르트는 둘 다 맛있었다. 호텔 방은 맨 위 층이다. 밤이 되면 환상적인 운하의 야경이 한눈에 들어온다고 했다. 내일 그 유리 그릇 가게에서 선물도 사야겠다. 즐기자. 실컷 즐겨서, 리카가 '갈걸 그랬다'고 후회하게 해주자. 어쩌면 이미 어렴풋이 후회하고 있을지도 모른다. 리카는 얼마 전까지 종종 전화를 걸어오는 어머니에게 맞선 같은 건 절대 보지 않을 거라고 엄청 큰소리를 쳤었으니까.

왠지 기운이 솟았다. 휴대전화로 시내의 초밥집을 검색해 보았다. 액정 화면에 주르르 검색 결과가 떴다. 알록달록한 초밥 사진을 보고 있으니 입안에 서서히 침이 고였다.

그로부터 두 시간 뒤, 준페이는 어둠이 내려앉은 골목 맨 안쪽 닫혀 있는 미닫이문 앞에서 망설이고 있었다.

가게 이름이 적힌 감색 포렴(상점 입구 처마 끝이나 가게 앞에 내거는 짧은 커튼 같은 막—옮긴이)이 쳐진 불투명 유리 너머로 희미한 불빛이 새어 나오는 걸 보면 영업을 하는 게 틀림없지만 안이 안 보이기 때문에 왠지 들어가기 어려웠다. 회전 초밥집도 아닌데 혼자서 먹으러 가다니 처음 해보는 일이라 더욱 불안했다. 고급 상점이나 관광객이 많이 가는 대형 매장을 피해서 호텔 근처의 초밥집 중 한 곳을 골랐다. 예전부터 지역 주민들에게 사랑받아온 아담한 가게라던 인터넷 후기에 어울리게 외관에서 연륜이 묻어났다.

숨을 들이마시고 문에 손을 댔다. 여기서 물러날 수는 없다. 혼자서도 괜찮은 독립적인 남자답게 카운터석에서 멋지게 마시자고 마음먹고 왔다. 가게 주인이나 옆자리의 다른 손님과 이야기꽃을 피우게 될지도 모른다. TV 여행 프로그램에서 그런 장면을 본 적이 있다. 우연히 들른 여행객이 그 고장 특유의 술과 안주로 입맛을 달래고 그 자리에 있던 단골손님에게 현지 이야기를 들으며 하룻밤의 인연을 즐기는 것이다.

갑자기 미닫이문이 드르륵 경쾌한 소리를 내며 활짝 열렸다.

가게 안은 상상보다 넓었다. 내부를 마주 본 상태에서 준페이의 오른쪽으로 카운터석이 일곱 개, 왼쪽에는 다다미방이 있었다. 신발을 벗어놓는 널찍한 돌 위에는 가죽 구두, 여성 샌들, 어린이 운동화 등 잡다한 신발이 여러 켤레 놓여 있었다.

떠들썩한 목소리가 새어 나오는 다다미방과는 대조적으로 카운터석에 아무도 앉지 않은 것은 예상 밖이었다. 잘못 골랐나 하고 잠시 주춤했지만 이제 돌이킬 수 없었다. 식재료가 늘어선 유리 케이스 너머로, 하얀 상의를 입은 가게 주인이 인사를 했기 때문이다.

"어서 오세요. 편한 자리에 앉으세요."

말씨는 공손하지만 얼굴은 조금도 웃지 않았다. 나이는 준페이의 아버지보다 조금 많은 육십 안팎 정도로 보였다.

햇볕에 그을린 피부에 깊은 주름이 잡혀 보기에도 과묵하고 완고한 전통적인 장인의 풍채였다.

준페이는 조심조심 몇 걸음 나아가면서 아무렇지도 않게 다다미방을 슬쩍 들여다보았다. 세 개의 테이블 중 두 개가 차 있었다. 둘 다 가족 손님이고 접시는 거의 비어 있었다.

유난히 흥이 오른 것처럼 떠든 것은 그들이 아니었다. 깔깔거리는 웃음소리와 말소리의 주인공은 키 큰 선반 꼭대기에 놓인 TV였다. 부모도 아이도 편한 자세로 다다미에 늘어져서 퀴즈 프로를 보고 있었다.

준페이는 카운터로 몸을 돌렸다. 어느 자리에 앉아야 할지 알 수 없어서 서 있는 위치에서 가장 가까운 중간에 있던 의자를 당겼다. 가게 주인의 부인일까, 흰색의 일본식 요리복을 입은 초로의 여성이 물수건을 가져왔다.

"여기 있습니다."

상냥한 인사와 시원한 물수건을 받자 제정신이 들었다. 안으로 들어가려는 여성을 불러 세워 맥주를 시켰다.

바로 나온 500밀리리터 맥주병을 들고 준페이는 자작으로 맥주를 따르며 가게 주인의 눈치를 살폈다. 주인은 팔짱을 끼고 눈썹을 찡그린 채 손님의 시선을 피하듯 허공을 똑바로 보고 있었다. 말을 걸기가 너무 힘들었다.

준페이가 맥주 한 잔을 다 마시는 동안에도 그의 자세는 변함이 없었다.

"저기."

흠칫거리며 말을 걸어보았다. 가게 주인이 고개를 숙여 준페이를 내려다보았다.

"네."

"초밥으로 주세요."

"종류는 주방장 추천에 맡기시겠습니까?"

그는 무표정하게 말했다.

"네."

고개를 끄덕이자마자 준페이는 또 실수했나 싶은 생각이 들었다. 맡긴다는 말을 듣자 남에게 맡기는 걸 싫어하던 리카의 얼굴이 떠오른 것이다.

마음속으로 쓴웃음을 지었다. 리카는 여기 없는데 자신이 흠칫거릴 필요는 없다. 게다가 이 '맡김'은 무책임하게 떠넘기는 게 아니고, 말하자면 코스명과 같은 것이다. 주방장이 추천하는 메뉴를 적당한 때를 봐서 순서대로 내놓는 것이니 초보자도 안심하고 먹을 수 있다. 그 정도는 준페이도 안다. 혼자 온 것은 처음이지만 초밥집에 온 것은 처음이 아니었다. 부모님이 데려와준 적도 있고 회사 접대 자리를 잡아본 적도 있었다.

초밥은 다 맛있었다. 성게알은 혀 위에서 부드럽게 녹았고 오징어는 끈적끈적하면서 진한 뒷맛을 남겼으며 새빨간 연어알이 톡톡 터졌다. 가게가 바쁘지 않아서 음식이 나오는 타이밍도 딱 좋았다. 초밥 한 개를 다 먹고 나면 바로 다음 초밥이 나왔다.

단지, 가게가 너무 조용했다.

가족 손님이 차례로 계산을 마치고 나왔을 때는 '감사합니다'라고 가게 주인도 활기찬 목소리로 인사했지만, 그다음엔 시종 아무 말이 없었다. 주인장이 묵묵히 쥐어 만든 초밥을 준페이도 묵묵히 먹었다. 사람이 없어진 방 안에서 흘러나오는 TV 소리만이 침묵을 채웠다. 가게에 들어서기 전에 꿈꾸던 여행지 특유의 훈훈한 교류가 생길 기미는 전혀 없었다.

눈 깜짝할 사이에 십여 개를 다 먹어치웠다. 마지막 계란말이를 입에 던져 넣었더니 갑자기 배가 불룩해졌다. 병의 절반 가까이 남아 있던 맥주도 홀짝홀짝 마셨다. 주변을 척척 정리한 주인은 다시 허공을 노려보고 있었다.

나쁘지 않았다고 생각했다. 그렇게 실망할 것 없다. 어쨌거나 초밥을 먹고 싶었다. 맛있는 초밥을 배불리 먹었으니 만족할 만하다. 사교적인 요리사도 있고 내성적인 요리사도 있다. 무뚝뚝해도 초밥 실력이 확실했으니 충분하다. 빨리 나가라고 눈치를 주는 것처럼 느껴지는 건 괜한 눈치를 보는 것이겠지, 아마도.

"으음."

갑작스러운 신음 소리에 깜짝 놀라 준페이는 얼굴을 들었다. 주인이 슬쩍 준페이를 보며 민망한 듯 쓴웃음을 지었다.

몸을 돌려 뒤쪽을 보고 준페이는 뒤늦게 깨달았다. 주인은 허공을 바라보며 명상에 잠긴 것도, 준페이를 무시한 것도 아니었다. 단지 TV에 정신이 팔려 있었던 것이다. 퀴즈 프로그램이 끝난 후에 프로 야구 뉴스가 나오고 있었다. 현지의 구단이 오늘 저녁에 있었던 시합에서 참패한 것 같았다.

왠지 온몸에서 긴장이 풀렸다. 주인과 눈이 마주쳐 준페이도 슬쩍 웃었다.

가게 주인이 쑥스러운 듯 고개를 숙이고 허둥지둥 안쪽으로 들어갔다. 상당히 겸연쩍었을 것이다. 슬슬 계산해야겠다 싶어서 준페이는 남은 맥주를 전부 마셨다.

몇 분 후 가게 주인이 돌아왔다.

"저, 괜찮으면 이것도 드시고 가세요."

카운터 너머로 건네는 국그릇을 준페이는 양손으로 받았

다. 된장국이었다.

후후 입김을 불어 한 입 머금었다. 생선의 풍미가 진하고 상당히 뜨겁다. 배 속이 서서히 따뜻해져갔다.

밖에는 비가 내리고 있었다.

준페이는 손을 돌려 미닫이문을 닫고 처마 밑에서 멍하니 하늘을 올려다보았다. 생각보다 비가 세차게 내리고 있었다. 도쿄도 비가 올까? 그리고 리카가 있는 작은 마을에도.

'아이 참, 준페이. 우산 안 가져왔어?'

귓가에서 리카의 목소리가 울리는 것 같았다. '밤부터 비가 내릴 거라고 일기예보 들었잖아. 우산 챙겨 가라고 했는데 어쩔 수 없지, 씌워줄게. 아, 이것 좀 들어줄래? 저기, 어깨 젖지 않았어? 괜찮아?'

안 괜찮아.

촉촉하게 젖어 검게 빛나는 바닥에 주저앉고 싶었다. 떼쟁이처럼 발버둥 치며 외치고 싶다. 혼자서는 못하겠어. 아무것도 못하겠어. 그러니까 옆에 있어줬으면 좋겠어.

사실은 준페이도 알고 있었다. 리카는 진심이었다. 고향에서 맞선을 보겠다고 한 것은 홧김에 하는 말도, 준페이를 비꼬려는 것도 아니고, 정말로 그러겠다고 마음먹었기 때문이다. 한 번 결정한 이상 리카는 도중에 그만두는 성격이 아니다. 머지않은 미래에 리카는 도쿄를 떠날 것이다. 준페이를 두고.

짐 정리는 오래 걸리지 않을 것이다. 리카의 아파트에 처음 초대받았을 때 집 안이 너무 살풍경해서 준페이는 놀랐다. 리카는 어떤 물건에 집착하지 않는 여자였다. 생일에도 크리스마스에도 특별히 선물은 필요 없다고 했다. 여행지에서도, 남의 선물은 사도 자신의 것은 사지 않았다. 준페이도 물욕은 없는 편이라 불만은 없었다. 이걸 갖고 싶다, 저걸 갖고 싶다며 사사건건 조르는 여자들보다는 훨씬 나았다.

그리고 준페이는 리카가 정말로 원하는 것이 무엇인지 깊이 생각해본 적이 없었다. 생각하기 귀찮았다.

음악만 있으면—기분이 좋을 때는 준페이와 음악만 있으면—된다고 리카는 자주 말했다. 소지품이 늘어나는 것은 귀찮다, 부자유스러운 느낌이 들고 움직임이 둔해진다고. 준페이는 내심 이해가 가지 않았다. 무슨 가재도구 세트를 짊어지고 다니는 것도 아닌데 움직임이 둔해질 게 뭐야?

하지만 지금 그야말로 리카는 가벼운 몸으로 나갈 생각이다.

이 거리에서 산 새 무늬가 들어간 큰 접시는 몇 안 되는 예외였던 것이다. 근데 그것마저 깨져버렸다. 물론 저절로 깨진 것은 아니다, 준페이가 깨뜨렸다. 찬장에 넣으려다 손이 미끄러져 악 소리보다 먼저 유리가 부서지는 날카로운 소리가 울려 퍼졌다. 분명 혼날 거라고 생각했는데 리카가 '어쩔 수 없지'라고 어딘가 체념한 듯이 말해서 맥이 빠졌다. 형태가 있는 건 반드시 부서진다.

준페이는 이제 리카를 막을 수 없었다. 포기하고 보내줄 수밖에 없다. 고작해야 리카의 앞날을 축하하며 행복을 비는 수밖에 없을 것이다. 외톨이로.

'혼자 있을 때는 곤란하잖아'라고 걸핏하면 준페이를 다그치던 리카도 이미 알고 있었을 것이다. 준페이도 의욕만 있으면 스스로 잘한다는 걸. 못하는 게 아니라 할 수 있는데 안 할 뿐이다. 무엇을 하면 좋을지 생각조차 하지 않는 연인의 나태함과 응석에 리카는 결국 정나미가 떨어진 것이다.

등 뒤에서 문 열리는 소리가 났다.

"어라?"

준페이의 어깨에 부딪힐 뻔한 가게 주인이 당황한 듯 눈을 깜빡였다.

"죄송합니다, 비가 와서요."

"아, 비가 많이 오네요."

우물우물 중얼거리면서 주인장은 포렴을 떼어내 안으로 들어갔다. 이제 문을 닫나 보다.

언제까지 여기에 멍하니 있을 수는 없었다. 준페이가 밖으로 발을 내디디려 할 때 누군가 등을 두드렸다.

"이걸 쓰세요."

건네받은 비닐우산은 자루에 군데군데 녹이 슬어 있었다.

날씨 탓인지 큰길로 나와도 인적이 드물었다. 비에 젖은 음식점 간판 불빛이 고즈넉하다. 호텔 쪽으로 사거리를 돌자, 길이 확 좁아졌다. 죽 늘어선 가정집 창문에서 흰색이나 노란색 불빛이 흘러나오고 어디선가 조림 반찬 냄새가 풍겨온다.

갑자기 준페이의 머릿속에 도쿄의 아파트가 떠올랐다.

그 새 접시 말고 다른 건 없었나? 둘이서 산 것, 식재료나 샴푸나 화장지 같은 게 아니라 기념으로 남을 만한 것은 없을까. 열심히 기억을 더듬어보아도 무엇 하나 생각나지 않아서 준페이는 흠칫 놀랐다. 함께 지낸 4년이 이대로 온데간데없이 사라져버릴 것만 같았기 때문이다.

리카를 위해 뭔가 사가지고 돌아가자. 아무거나 형태가 있는 걸로. 확고한 감촉을 가진 것으로.

뭘로 하지? 빙글빙글 우산을 돌리며 비닐 너머로 튀는 무수한 빗방울을 올려다보며 궁리했다. 비슷한 유리 접시는 너무 단순한가. 이전에 못 먹은 치즈 케이크는…… 안 된다, 제대로 남는 물건이 아니면, 형태가 있는 것은 반드시 부서질 운명이라 해도 가능한 튼튼해 보이는 물건으로 고르고 싶다. 액세서리나 장식품이라면 가능한 부피가 크지 않은, 가볍고 작은 것이라면 괜찮을 것이다.

왜 그러냐고 리카는 의아해할지도 모른다. 뭐라고 대답할까? 리카의 앞날을 축복할까? 그녀가 행복하길 빌어줄까?

휘잉 소리를 내며 돌풍이 몰아쳤다. 준페이는 우산이 날아갈 것 같아 자루를 꽉 움켜쥐었다.

농담하나.

모든 결정을 리카에게 맡기고, 말 잘 듣는 아이처럼 고이 보내주다니, 그럴 순 없다. 절대 못 한다. 이건 리카만의 문제가 아니다, 우리 둘의 문제다.

준페이는 빨간 신호등 앞에 멈춰 섰다. 생각에 잠겨 있는 사이 어느새 호텔 앞까지 와 있었다. 횡단보도 건너편에 으리으리한 호텔 현관이 있었다. 차는 한 대도 지나가지 않았다. 조용한 탓인지 빗소리가 몹시 크게 들렸다.

팔딱팔딱, 참방참방, 랄랄라.

리카는 항상 떨어지는 물소리에 맞춰 노래했다. 일하는 보육원에서 비가 오는 날이면 어김없이 아이들에게 노래해주기 때문에 조건반사적으로 노래가 나온다고 했다.

그래, 음악은 어떨까?

준페이는 낮에 들른 오르골 가게를 떠올렸다. 기성품뿐만 아니라, 좋아하는 곡으로도 만들어줄 수 있다고 점원이 말했었다.

"만들 수 있어요."

자신만만하던 점원의 목소리가 귓가에 쟁쟁하다.

정말 만들어줄 수 있느냐고, 준페이는 가슴속으로 되물었다. 이름 없는 밴드의, 심지어 옛날 노래인데 만들 수 있을까? 우연히 만난 두 사람을 다정하게 감싸주었던 음악을 작은 상자에 넣어 선물한다면 정해진 미래란 놈을 움직일 수 있을까.

만약 리카가 그 오르골을 조금이라도 좋아한다면, 다시 시작할 수 있을지 한번 물어보자.

준페이는 그리운 선율을 흥얼거려보았다. 몇 년 동안 기억나지 않았던 가사가 깜짝 놀랄 정도로 자연스럽게 술술 나왔다. 낮은 목소리로 노래하면서 준페이는 부드럽게 내리는 빗속을 걷기 시작했다.

모이다

블루베리 잼은 맛있어 보이지만 다 먹으면 사라진다. 일곱 가지 색 털실로 짠 비니는 예쁘지만 동네 쇼핑몰에서도 비슷한 것을 팔았다. 하지만 그렇다고 거리 이름이 들어간 머그컵이나 열쇠고리 같은 건 끌리지 않았다.

아유미가 가게 안을 한 바퀴 돌아 입구 옆까지 돌아왔을 때 모에가 말을 걸었다.

"이건 어때? 북쪽 지방 느낌이 나서 괜찮지 않아?"

모에는 여우 인형을 안고 폭신폭신해 보이는 꼬리를 팔락팔락 움직이고 있었다. 벽에 붙은 선반을 올려다보던 미즈하라도 이쪽을 돌아보았다.

"인형인가, 너무 귀엽지 않아? 그보다 저건?"

미즈하라가 위쪽에 장식된 아름다운 술잔을 가리켰다.

"별로 쓸 일이 없을 것 같아."

아유미는 조심스럽게 대답했다. 모에가 한숨을 쉬며 여우의 머리를 슬쩍 쓰다듬었다.

"의외로 살 만한 게 없네."

오늘 아침, 미즈하라가 다 같이 여행을 왔으니 기념이 될 만한 물건을 맞춰 사자고 말했을 때는 아유미와 모에도 곧바로 찬성했다. 하지만 막상 고르려니 좀처럼 고를 수가 없었다.

우선 모두의 취향에 맞는 걸 찾기가 어려웠다. 예를 들어 입고 있는 옷만 봐도 세 사람의 취향은 제각각이었다. 아유미는 빨간 트렌치코트에 발목 길이의 청바지를 매치하고 어두운 금빛 단화를 신고 있었다. 훤칠한 키에 소년같이 짧은 커트 머리를 한 미즈하라는 넉넉한 카키색 재킷과 검은색 슬림 팬츠에 터프한 워크부츠를 매치했는데 잘 어울렸다. 미즈하라보다 20센티미터 정도 키가 작은 모에는 분홍색 자잘한 꽃무늬 원피스 위에 무릎 아래까지 내려오는 폭신폭신한 흰색 니트 카디건을 걸치고 있었다.

하지만 친구이니 취미가 전혀 다른 건 아닐 텐데, 도무지 이렇다 할 만한 게 없었다. 기념이라는 말의 무게에 휘둘린 걸까. 원래 이 여행도 말하자면 기념 삼아 계획한 것이었다. 기념 여행의 기념에 어울리는 물건을 고르려다 보니 자꾸만 고민에 빠져버린다.

"좋아, 다음 가게로 가보자, 다음."

성급한 미즈하라가 빠르게 출구로 나갔다. 아유미는 걸음을 서둘렀지만 모에는 느긋한 걸음으로 그 뒤를 쫓았다.

큰길을 벗어나 뒷길로 들어서자 관광객도 가게도 갑자기 줄어들었다. 미즈하라가 아담한 잡화점 앞에서 멈춰 섰다.

"여기 괜찮을 것 같지 않아?"

"들어가보자."

셋이서 가게 안을 둘러보았다. 그릇, 패브릭 제품, 문구, 소소한 장식품이 원목 진열장에 가지런히 놓여 있었다. 상품도 가게 인테리어도 세련된 느낌이랄까, 아까의 선물 가게와는 분위기가 달랐다.

어떻게 다른가 하면 아유미와 친구들이 사는 동네에도 이런 가게는 없었다. 비슷한 잡화점은 몇 개 떠오르지만 결정적으로 뭔가가 달랐다. 어디가 어떻게 다르다고 구체적으로 설명할 수는 없지만 말이다.

"저기, 저건?"

안쪽 선반으로 달려간 모에가 패브릭 파우치를 양손에 하나씩 들고 뒤돌아보았다. 오른쪽은 은은한 보라색, 왼쪽은 선명한 붉은색으로 둘 다 물방울무늬가 들어가 있었다.

"핸드 메이드 같지. 이 근처에 있는 염색 공방에서 만든대."

모에가 태그를 읽고 설명하면서 아유미에게는 붉은색, 미즈하라에게는 보라색 파우치를 건넸다. 멀리서 물방울무늬처럼 보인 것은 작은 동물 그림이었다. 붉은색에는 양이, 보라색에는 기린이 그려져 있었다.

"이 무늬 귀엽다. 색깔도 예뻐."

"크기가 커서 쓰기 편할 것 같아. 다른 색도 있어?"

"응, 다른 건 분홍색이랑 파란색."

모에가 선반 쪽으로 돌아와 나머지 두 가지 색을 손으로 들어 올려 보였다.

"분홍색이 토끼고 파란색이 사자야. 우리한테 딱 맞지 않아? 미즈하라가 보라색이고 아유미는 빨간색, 분홍색은 나고, 파란색은……."

모에가 말하다 말고 아차 하는 얼굴로 입을 다물었다.

"좋네. 색깔별로 사자."

미즈하라가 재빨리 쾌활한 어투로 말했다. 명랑함이 지나쳐 억지스러울 정도였다.

"그렇게 갑자기 결정할 필요 없어. 다른 거 좀 더 볼까?"

아유미는 마음을 고쳐먹고 부드럽게 말참견을 했다. 선반에 다가가 파우치와 흡사한 소재와 분위기의 수건을 펼쳐 보았다.

"나도 기념품 살까."

"좋겠네, 선물 기다리는 사람이 있어서."

미즈하라가 히죽거리며 가볍게 팔꿈치로 툭 건드렸다. 조금 전보다는 자연스러운 미소였다. 모에도 맞장구를 쳤다.

"정말, 아유미는 복도 많지. 나도 4월부턴 노력할 거야."

"모에네 회사는 그래도 비교적 사람 만나기 좋지 않아? 젊은 사람도 많을 것 같고."

모에는 대학을 졸업한 후, 시내의 쇼핑몰 안에 있는 가전 양판점에서 판매원으로 일하고 있었다.

"손님 중에서 인연이 있을 수도 있잖아. 그런데 난 전혀 없어."

부모님의 건축 사무소 일을 돕고 있는 미즈하라가 얼굴을 찌푸렸다.

"그래? 거긴 남자가 많지 않아?"

"남자라고 해봤자 가족이나 친척이잖아. 너희 둘 다 나한테 괜찮은 사람 좀 팍팍 소개해줘."

"우리 회사엔 젊은 남자가 그렇게 많진 않은 것 같아."

아유미는 시내의 한 기업에 사무직으로 취업했다. 대형 자동차 회사의 하청의 하청으로 부품을 만드는 작은 회사였다.

"뭐, 아유미에게 새로운 만남은 필요 없지."

고개를 끄덕여 보이는 모에를 미즈하라가 힐끗 노려봤다.

"그럼 모에라도 선물을 사는 게 좋지 않겠어?"

"응? 나? 누구한테?"

"있잖아, 팬 여러분들이."

모에는 팬이 많았다. 대학 축제 공연 때에도, 거리의 라이브 하우스에서 공연할 때도, 꽤 많은 남자 팬들이 몰렸다.

"그건 다 친구들이야. 아깝게 무슨 기념품이야, 챙겨줄 필요 없어."

모에는 기죽지 않고 대답했다. 미즈하라가 고개를 푹 숙였다.

"아, 정말 모에도 못됐어."

모에는 펑크록을 굉장히 사랑했다. 귀여운 동안과 가냘픈 몸매에 아이 같은 목소리가 어우러져 평소엔 아유미나 미즈하라보다 훨씬 더 소녀 같았다. 하지만 드럼 스틱을 잡으면 돌변했다. 머리카락을 흩날리며 홀린 듯 격렬하게 드럼을 두드리는 반전 매력이 남자의 마음을 자극하는 것 같았다. '보통 4인조 밴드에서는 눈에 잘 띄는 보컬이 가장 인기가 많지만, 우리는 완전히 드럼에게 먹혀버렸지'라고 루카도 자주 농담처럼 투덜거렸다.

아유미는 모에가 선반에 되돌려놓은 파란색 파우치를 곁눈질했다. 루카는 지금 어떻게 지내고 있을까.

아유미는 대학에 들어가자마자 친구들과 밴드를 결성했다.

처음엔 베이스의 아유미, 기타의 미즈하라, 드럼의 모에 그리고 또 한 사람, 세 사람과 같은 경음부에 있던 보컬 여자애 넷이서 밴드를 만들었다. 그런데 몇 개월 지나지 않아 그녀가 그만두고 싶다고 해서 그 자리를 대신할 보컬을 찾게 되었다. 그때 아유미가 같은 고교 출신의 루카를 추천했다. 마침 그때 루카는 대학 친구들과 결성한 밴드에서 나온 직후였다. 나온 것이 아니라 내보내졌음을 아유미와 친구들은 한참 후에야 알게 되었다. 이제는 왜 그랬는지 이유도 대충 짐작이 갔다. 루카는 고집이 너무 셌다. 음악에 관해서 한번 결정하면 완강히 양보하지 않았기 때문이다.

그래도 대학 4년간 때로 싸우긴 했지만 같은 멤버로 밴드를 계속했으니까, 서로의 궁합은 나쁘지 않았던 것 같다.

사실 3학년 중반까지는 꽤 괜찮았다. 네 사람 모두 음악적인 부분은 대체로 잘 맞았고, 무엇보다 서로의 연주를 좋아했다. 그리고 성격이 비슷하지 않아서 오히려 좋았다. 자칫 흥분하기 쉬운 루카가 냉정하고 현실적인 미즈하라와 부딪혀도 아유미가 중간에서 달래거나 모에가 바보 같은 소릴 하며 끼어들면 어느새 분위기가 누그러졌다.

1학년 때는 평범한 카피 밴드로 기존에 있는 곡만 연주했다. 축제나 무슨 기회가 있어 무대에 오르게 되면 다 같이 모여 어떤 곡을 부를지 상의했다. 밴드 멤버끼리는 그걸 심사 회의라고 불렀다.

2학년이 되기 직전의 봄방학 때에도 동아리가 주최하는 신입생 권유 미니 라이브를 위해 평소처럼 심사 회의를 열었다.

"이건 어떨까?"

항상 연주하고 싶은 곡을 자신만만하게 들이대는 루카가 그날따라 주저하기에 대체 무슨 바람이 분걸까 싶어 다른 멤버들은 의아했다.

"누구 곡인데?"

루카는 말없이 집게손가락을 들어 자신을 가리켰다.

바로 데모 음원을 들어보았다. 5분 정도의 곡이 끝나도록 아무도 어떤 말도 하지 않았다. 미즈하라도 모에도 당황한 표정으로 입을 다물고 있었다. 아마 아유미도 같은 얼굴을 하고 있었을 것이다.

"미안."

루카가 플레이어를 멈추자 미즈하라가 소리쳤다.

"왜 사과해!"

미즈하라는 흥분한 기색으로 루카의 등을 두드렸다.

"괜찮다, 이거!"

"응, 굉장히 좋아."

아유미도 말을 보탰다.

"너무 좋다."

웬일로 모에가 드물게 진지한 표정으로 덧붙였다.

루카가 작사는 못한다고 말했기 때문에 겉보기와 달리 문학소녀였던 미즈하라가 작사를 맡게 되었다. 평소의 비꼬는 말투에서는 상상도 할 수 없는 신선하고 정열적인 가사가 완성되어, 밴드 멤버들은 감탄했다. 미즈하라는 노래가 좋아서 그렇다고 부끄러워했지만 칭찬을 받아서 내심 좋은 것 같았다. '소녀의 꿈'이라는 제목도 미즈하라가 지었다.

아유미는 반복되는 후렴구가 특히 좋았다.

나아가라, 나아가라, 나아가라 소녀여, 친구를 믿고 힘차게 달려. 나아가라, 나아가라, 나아가라 소녀여, 뒤돌아볼 겨를은 없어. 걱정할 필요 없어, 우리의 꿈은 이루어질 거야. 우리의 꿈은 반드시 이루어질 거야—씩씩한 가사가 명랑한 멜로디와 빠른 박자에 딱 들어맞았다.

루카의 의견으로 마지막 한 구절만 미즈하라가 쓴 가사에서 조금 바뀌었다. 원래 가사는 '우리의 꿈은 꼭 이루어질 거야'였다.

"'꼭'은 좀 약하지 않아?"

"그런가?"

미즈하라는 팔짱을 끼고 생각에 잠겼다.

"더 세게 하자. '반드시'는? 우리의 꿈은 반드시 이루어질 거야. 어때?"

"어감이 나쁘지 않아?"

"아냐. 꼬, 옥, 대신에 반, 드, 시. 이게 오히려 노래하기는 편해."

"꼭……, 반드시……, 꼭……, 반드시……."

몇 번 마디를 붙여 중얼거린 끝에 미즈하라도 고개를 끄덕였다.

"그래, '반드시'도 괜찮을 것 같네."

루카가 활짝 웃었다.

"아, 혹시."

아유미는 문득 떠올라 말했다.

"여기서 '우리'라는 건, '우리' 말이야?"

"이제 알았어?"

루카가 어이없다는 표정으로 대답했다.

"뭐, 그런 의미로 쓰긴 했는데."

미즈하라가 머뭇머뭇 덧붙였다.

신곡은 굉장히 반응이 좋았다. 공연할 때마다 다들 누구 노래냐고 물었고, 오리지널 곡이라고 대답하는 게 자랑스러웠다. 기대 이상으로 좋은 반응에 기세등등한 루카는 차례차례로 곡을 만들었고 미즈하라가 거기에 가사를 붙였다. 곡도 가사도, 두 사람이 각각 생각해온 원안에 아유미와 모에의 의견을 더해 만들어나갔다.

오리지널 곡이 점점 늘어나는 가운데 역시 '소녀의 꿈'은 네 사람에게 특별했다. 이윽고 학교 내에서만이 아니라, 동네 라이브 하우스에서 공연할 때도 라이브의 마지막은 항상 이 곡으로 마무리하게 되었다. 단독 공연은 할 수 없었지만 비슷한 아마추어 밴드를 모은 행사장이나, 그럭저럭 이름이 알려진 밴드의 개막 공연 등에 여러 번 출연 의뢰를 받았다.

약 1년 반 정도는 모든 일이 잘 풀렸다.

낮에는 항구 어시장에서 카이센돈(다양한 해산물을 얹은 덮밥―옮긴이)을 먹었다.

동물 파우치는 사지 않았다. 내일까지 더 좋은 게 없으면 이걸로 하자고 미즈하라가 말했지만 아유미는 아마 안 살 거라고 생각했다. 종류가 딱 네 개라서 거북했다.

4인용 테이블에 앉아 있을 뿐인데 남은 빈자리가 이상하게 눈에 띈다. 혼자만 다른 대학에 다니는 루카를 빼고 셋이 같이 다니는 건 특별히 드문 일도 아니었다. 하지만 이렇게까지 절대로 루카의 이름을 말하지 않는 것은 아무래도 부자연스러웠다.

"이제 어디로 갈까?"

재빨리 덮밥을 먹어치운 미즈하라가 흔들리는 합판 테이블 위에 가이드북을 펼쳤다.

항공권도, 호텔 예약도, 여행 준비는 거의 미즈하라가 했다. 기억에 남을 졸업여행을 위해 애쓴 것이다. 그러니까 적어도 괜히 신경 쓰이지 않도록 즐겁게 보내야 한다고 아유미는 재차 자신을 타일렀다.

"저 전망대는 어때?"

펼쳐진 페이지의 중간 부분을 가리키며 모에가 말했다.

"바다가 내려다보인대, 좋지 않아?"

식사를 마친 뒤 항구를 뒤로 하고 산을 올랐다.

3월 중반이 넘은 시기지만 북쪽 지방의 바람은 아직 차가
웠다. 멀리 보이는 완만한 산줄기에도 드문드문 눈이 남아
있었다.

춥다고 투덜거리며 완만한 비탈길을 오르는 동안 조금씩
몸이 따뜻해졌다. 버스가 다니는 도로를 따라 민가가 늘어
서 있고 그 사이에 가끔씩 슈퍼마켓이나 작은 상점에 동네
사람들이 드나들고 있었다. 초등학생쯤 되어 보이는 볼이
새빨간 아이들이 자전거를 타고 시끄럽게 떠들며 달려갔다.

"날씨 좋네."

미즈하라가 긴 팔을 머리 위로 뻗으며 기지개를 켰다. 조
금 전보다는 비교적 표정이 풀린 것 같았다. 어쩌면 아유미
자신도 그럴지 모른다. 좁은 실내보다 이렇게 바깥을 걷는
게 편했다. 이러면 넷이 아니라 셋이 같이 있다는 게 덜 신
경 쓰이기 때문일까.

아유미는 무심코 뒤를 돌아보았다.

"아유미, 왜 그래?"

"아니, 좋은 데구나 싶어서."

미즈하라가 물어서 당황한 아유미는 얼버무렸다. 루카가 뒤쫓아 올 것 같은 생각이 들었다고 말할 수는 없었다.

"그러게, 좋은 곳이네. 동네가 너무 크지도, 작지도 않고."

"도시도 아니고, 그렇다고 너무 시골도 아니고."

"일부러 꾸민 거 같지 않은데 자연스러운 느낌이 좋지? 아까 갔던 잡화점 같은 데도 집 근처에 있으면 좋겠어. 역시 항구도시라 멋쟁이가 많은가?"

"항구도시랑은 별로 상관없지 않아?"

"있어. 왜냐하면 바다는 세계와 연결되어 있거든?"

아유미와 친구들이 살던 고향은 산으로 둘러싸여 있었다. 모에는 고교 시절, 바다에 대한 동경으로 여름방학에 현 밖까지 나가서 바닷가 음식점에서 더부살이 아르바이트를 했다고 한다. 아유미는 중학교 수학여행을 가기 전까지 한 번도 바다를 본 적이 없었다.

규모로만 따지면 여기보다 아유미의 고향이 더 컸다. 고향엔 신칸센이 정차하는 큰 터미널이 있고, 현청도 있어 번화가도 떠들썩했다. 교외에 걸쳐 퍼져 있는 주택지와 거대한 쇼핑몰, 양판점이 갖추어져 있어 사는 데 필요한 건 다 있었다. 고향에서 태어나 자란 사람들 중 대부분이 그 지역

학교에 다니다 그 지역에서 취직을 하고 결혼을 한 뒤 그곳에 집을 마련했다.

물론 루카처럼 흔한 지방 도시가 싫다며 멀리 가고 싶어 하는 이들도 있다.

'이런 곳에서 빨리 나가고 싶다' '목표 도쿄 진출, 메이저 데뷔'라며 분발하는 루카를, 아유미도 모에도, 미즈하라조차 나무라지도 부정하지도 못했다.

다른 밴드 멤버들도 그렇게 고향에 머무르고 싶은 것은 아니었다. 달리 갈 곳이 마땅치 않을 뿐이다. 루카의 말처럼 데뷔할 수 있는 기회가 주어진다면 무슨 일이 있어도 상경했을 것이다.

만약에 그런 행운이 찾아온다면.

네 명이서 집 하나를 빌려 같이 살자라든지, 그 음악 프로그램에 나가보고 싶다라든지, 미래에 대한 이야기로 분위기가 달아올라도 루카 이외의 세 명에게 있어 그것은 어디까지나 만약의 이야기였다. 미즈하라가 수백만 엔이나 하는 깁슨 레스폴 기타를 갖고 싶어하는 것이나, 모에가 10년 가까이 따라다닌 펑크 밴드 드러머와 결혼하겠다고 우기는 것과 비슷한, 마음만 가득하고 실현 가능성은 도저히 보이지 않는 의미 없는 수다에 불과했다.

루카가 마음속에 그리는 미래와 다른 밴드 멤버 세 명이 생각하는 미래에는 확실한 차이가 있었다. 아유미는 그것을 희미하게 느꼈지만 깊이 생각하지는 않았다, 1년 전 봄까지만 해도.

그날은 다음 달에 있을 신입생 환영 공연을 위해 넷이서 심사 회의를 하기로 했다. 아유미는 미즈하라, 모에와 함께 동아리방에서 루카를 기다리고 있었다.

"미안해, 기다렸지?"

루카가 허둥지둥 왔을 때에 세 사람은 연주하고 싶은 곡목에 대해 이야기하고 있지 않았다.

"이게 뭐야?"

루카가 책상에 펼쳐져 있던 책자를 내려다보며 눈살을 찌푸렸다. 아유미와 친구들은 왠지 모르게 어색해져서 눈을 내리깔았다.

여기에 오기 전에 대학 교무과에서 주최하는 취업설명회가 열렸다. 아유미와 모에는 집에서 다닐 수 있는 직장을 구할 생각이었다. 이때만 해도 가업을 이을까 말까 망설이던 미즈하라도 일단 취업설명회를 들었다.

"밴드는 어떻게 할 거야?"

루카가 낮은 목소리로 말했다

"취업해서도 계속할 수 있을 거야."

"물론 지금처럼은 어려울 수도 있지만, 일하는 틈틈이 연습을 하면."

미즈하라와 모에가 말했다.

"일하는 틈틈이?"

둘의 말을 가로막은 루카는 화를 낸다기보다는 슬퍼하는 것 같았다.

"넷이서 열심히 하자고 했잖아."

그 말에는 아무도 대꾸하지 못했다.

나지막한 언덕을 오르는데 완만하던 언덕길이 점점 가팔라졌다. 마지막 힘을 다해 가파른 돌계단을 간신히 다 오르자 느닷없이 시야가 확 트였다.

"바다다!"

가쁜 숨을 몰아쉬던 모에가 갑자기 뛰었다. 아유미와 미즈하라도 그 뒤를 쫓았다.

언덕 꼭대기에는 조그만 광장이 있었다. 듬성듬성 있는 벤치와 그 너머로 보이는 나무 데크에도 사람 그림자는 보이지 않았다.

데크 가장자리에 둘러친 난간을 따라 세 사람은 나란히

섰다. 발아래로 거리가 한눈에 펼쳐졌다. 건물 지붕이 패치워크처럼 늘어서 있고 그 사이를 누비듯 펼쳐진 도로를 콩알만 한 자동차들이 달리고 있었다. 반짝이는 그물코처럼 보이는 운하와 그 앞에 펼쳐진 바다가 유난히 눈부시게 빛나고 있었다.

"야호!"

모에가 난간에 기대 양손을 메가폰 모양으로 하고 소리쳤다. 파랗게 갠 하늘을 갈매기들이 유유히 날아가고 바다 냄새가 코끝에 스쳤다.

"모에, 그거 거꾸로 아니야?"

"맞아. 야호는 보통 산을 향해 하지."

"깐깐하긴. 기분 좋으니까 좋잖아. 미즈하라도 아유미도 한번 소리 질러봐, 시원해."

"그럼, 나도."

미즈하라가 새침한 표정으로 헛기침을 했다.

"멋진 만남이 있기를!"

"목소리 커! 근데 갑자기 소원을 왜 빌어?"

모에가 깔깔 웃고 아유미도 웃음이 터졌다.

"깐깐하게 굴지 말라고 한 건 모에잖아, 나는 진심이야."

"알았어, 알았어. 그럼 아유미는? 어서 그와 결혼하게 해주세요?"

"우와, 너무 부럽잖아."

"아니, 멋대로 일 키우지 마."

"아, 한 번 더 해도 되겠지?"

미즈하라가 손뼉을 탁 치더니 난간으로 몸을 내밀었다.

"루카는 바보야!"

아유미와 모에는 흠칫 놀라 눈을 피했다. 그리고 숨을 깊게 들이마시고 입을 열었다.

그날, 루카와 미즈하라는 크게 싸웠다.

'취직 따윈 하지 말자' '다 같이 도쿄에 가자' 몇 번이나 몇 번이나, 루카는 그렇게 말했다. 다른 멤버들이 대답하다 지쳐버렸더니 점점 언성이 높아졌다.

"우리가 지금까지 해온 건 뭔데? 그냥 학창 시절의 놀이? 나는 진지했어, 진지하게 음악을 하고 있었다고."

"우리도 진지하게 했어."

마침내 미즈하라가 반박했다. 만약 미즈하라가 아무 말도 하지 않았다면 아유미나 모에가 똑같이 대답했을 거라고 생각한다.

"하지만 이대로 음악만 하고 살 수는 없어. 밴드로 먹고산다는 게 말처럼 쉬운 일이 아니야."

떼쓰는 아이를 달래듯 미즈하라가 천천히 말했다.

"성공하는 것은 아주 일부야. 평범한 사람에겐 무리야. 루카, 너도 무슨 말인지 알지?"

"아니, 모르겠는데."

루카가 얼굴을 붉히고 획획 고개를 저었다.

"왜 안 될 거라고 단정 짓는 거야? 너희들 이런 데서 썩어 갈 거야? 재미없는 인생에 정말 만족하는 거냐고?"

"루카야말로 단정 짓지 마. 재미없는지 아닌지는 사람마다 다르잖아. 남한테 이러쿵저러쿵 재단하는 말 듣고 싶지 않아."

"그런 건 스스로를 속이는 변명이잖아."

"있잖아, 우리 조금 진정할까?"

허둥대는 아유미를 무시하고 미즈하라가 싸늘하게 말했다.

"그렇게 도쿄에 가고 싶으면, 루카 혼자 가지 그래?"

루카가 안타까운 듯이 얼굴을 일그러뜨렸다.

"혼자는 의미가 없다니까. 왜냐면 우리 네 사람의 밴드잖아."

쫘악, 가슴을 움켜잡히는 듯한 아픔이 밀려와 아유미는

꾹 참았다. 미즈하라도 모에도 입을 다물었다.

"우리를 끌어들이지 마."

한참 만에 받아친 미즈하라의 목소리는 여전히 싸늘했다.

"끌어들여?"

루카가 의외라는 듯이 눈썹을 치켜올리고 아유미와 모에에게 시선을 옮겼다. 매달리듯 쳐다보는 루카에게서 아유미는 눈을 돌렸다.

"같이 가자니까? 응?"

뭔가 대답을 해야 할 것 같은데 말이 안 나왔다. 아유미보다 먼저 모에가 입을 열었다.

"미안해, 루카. 나는 고향에 남을 생각이야."

차분한 목소리였다.

루카가 눈을 떴다. 입술을 깨물고 세 사람을 차례로 노려보더니 거친 발소리를 남기고 방에서 뛰쳐나갔다.

그 후 화해는 했다. 몇 번인가 같이 라이브 공연도 했다. 악기 튜닝에 실패한 듯 어색하던 분위기도 날이 갈수록 나아졌다. 하지만 귀를 기울여보면 네 사람이 연주하는 화음은 이전처럼 완벽하게 울리지 않았다.

미즈하라는 가업을 돕기로 마음먹었다. 아유미와 모에는 둘이서 면접용 정장을 사 입고 함께 취업설명회에 다녔다.

한번은 모에가 불쑥 말한 적이 있었다.

"이력서에 학창 시절 했던 일을 쓰는 칸 있잖아? 거기에 밴드 활동이라고 쓸 때마다 내가 싫어져."

아유미도 전적으로 동감했다.

"하지만 어쩔 수 없잖아. 그것밖에 쓸 게 없는데."

모에는 기운 빠진 얼굴로 웃었다.

'졸업'이라는 단어는 '도쿄'나 '데뷔'와 마찬가지로 네 사람 사이에서는 금지어였다. 새해가 밝아 '졸업여행이라도 갈까' 하고 미즈하라가 말을 꺼내기 전까지 아무도 그 단어를 말하지 않았다. '나는 됐어'라는 루카의 대답에도 셋 다 놀라지 않았다.

언덕을 내려와 항구 쪽으로 되돌아가던 중 운하와 만났다. 운하의 구불구불한 흐름을 따라 돌이 깔린 좁은 길이 계속되고 있다.

"저긴 뭐지?"

모에가 걸음을 멈추고 몇 미터 앞에 있는 가게를 가리켰다. 쇼윈도에 크고 작은 상자들이 놓여 있었다.

"가보자."

미즈하라가 앞장서서 부리나케 걸어갔다. 전망대에서 소

리를 지른 뒤 '아, 속 시원해.'라고 말하더니 오전보다는 생기 있어 보였다. 아유미도 왠지 발걸음이 가벼워진 느낌이 들었다.

"어서 오세요."

가게에 들어서자 검은색 앞치마를 두른 남자 점원이 맞아주었다. 키가 크고 호리호리한 사람이었다. 인사를 하고 누가 먼저랄 것 없이 벽에 붙은 선반에 다가갔다.

"엄청 많네."

미즈하라가 말했다. 마루에서부터 천장까지 여러 단에 걸쳐 진열된 것은 전부 오르골이었다.

"다양한 곡이 들어가 있어."

늘어선 투명한 상자를 끝에서부터 순서대로 들어보며 모에가 말했다. 아유미도 가까운 상자에 손을 뻗었다. 상자 옆면에 곡명과 가수 이름이 들어간 작은 라벨이 붙어 있었다. 얼추 봐도 팝, 트로트, 클래식 등 다양한 곡이 들어 있었다. 클래식과 일본 전통음악도 섞여 있었다.

세상에는 이렇게 많은 노래가 있는 것이다.

음반 매장에 들어갈 때마다, 인터넷 음원 사이트를 둘러볼 때마다 아유미는 늘 그렇게 생각했다. 게다가 여기에 오르골로 만들어진 곡들은 그중에서도 골라서 만들어놓은 것일 터였다.

눈에 띄는 오르골의 음악을 들어보았다. 주로 후렴 부분이 쓰이고 있었다. 음계와 음수가 한정되었을 텐데 훌륭하게 편곡되어 있었다.

"이런 식으로 편곡하는구나."

"연가랑 오르골은 안 어울릴 줄 알았는데 괜찮네."

미즈하라가 선반 한구석에 놓여 있던 전단을 한 장 집어 들었다.

"곡은 기성품 중에서 선택할 수도 있고, 원하는 멜로디를 맞춤형으로 만들 수도 있습니다. 상담해주시면……."

"원하는 멜로디……."

아유미와 모에의 눈이 마주쳤다. 미즈하라가 다음 구절을 읽어나갔다.

"자신이나 가족에게 추억이 담긴 물건으로, 선물용으로도 최고입니다. 세상에 단 하나뿐인, 당신만을 위한 오르골을 만들어보시면 어떨까요?"

교사에게 선택받은 초등학생처럼 "저요!" 하고 모에가 힘껏 손을 들었다.

"만들겠습니다!"

미즈하라가 학생의 정답을 들은 교사처럼 흡족한 표정으

로 고개를 끄덕였다.

곧바로 점원에게 물어보자 안쪽의 테이블로 안내받았다. 셋이 나란히 앉자 맞은편에 점원이 앉았다.

"그럼 우선 기계 종류와 박스를 골라주시겠어요?"

가장 저렴한 기계로도 16음은 낼 수 있다고 해서 그걸로 골랐다. 필요하면 편곡도 해준다고 한다. 상자의 견본도 보여달라고 해서 셋이서 의논해 블록 놀이를 연상시키는 컬러풀한 작은 나무 상자로 정했다.

아유미가 빨간색, 미즈하라는 보라색, 모에는 분홍색을 골랐다. 세 사람 모두 오전에 본 파우치 색깔이 머리 한쪽에 남아 있었는지도 모른다. 점원이 등 뒤의 찬장에서 새 나무 상자를 세 개 꺼내서 각각의 앞에 늘어놓았다.

"괜찮으시면 꾸밀 수도 있어요."

"하고 싶어요."

모에가 바로 대답했다. 점원이 고개를 살짝 끄덕이더니 테이블 아래서 등나무 바구니를 꺼냈다.

"여기 있는 재료는 마음대로 쓰세요."

바구니 속에는 반짝반짝 빛나는 구슬, 하트나 꽃 모양을 한 스팽글, 과자에 덤으로 따라오는 플라스틱으로 만들어진 인형과 동물, 레이스와 리본, 여러 가지 재료가 가득 들어

있었다. 마음에 드는 걸 상자 뚜껑에 접착제로 붙이면 된다
고 했다.

"우와, 귀여워."

모에의 목소리에는 설렘이 가득했다.

"왠지 그립다. 어릴 때 이런 자질구레한 것들을 모았었는
데."

미즈하라도 눈이 웃고 있었다.

"나도, 다 먹은 쿠키 깡통에 모았었어."

"나는 상자에, 가끔 친구들이랑 바꾸기도 했지."

상자 겉을 꾸미는 건 생각보다 오래 걸렸다.

다른 손님은 들어오지 않고 점원도 재촉하는 기색이 없어
그만 생각보다 오래 머물러버렸다. 중간에 음료수까지 나왔
는데 일부러 건너편 찻집에서 배달해주었다. 아유미와 나이
가 비슷해 보이는 단발머리 여자 종업원이 가져다 준 커피
는 무척 뜨겁고 약간 씁쓸했다.

아유미는 고민 끝에 뚜껑 네 변을 가장자리 삼아 별 모양
으로 스팽글을 올려놓기로 했다. 모에는 오른손에 사자, 왼
손에 얼룩말을 들고 목을 비틀어가며 상자 위를 이리저리
움직여보고 있었다. 시행착오를 겪는 두 사람을 거들떠보지
도 않고 작은 새 모양의 단추를 몇 개 올려놓은 미즈하라는

점원이 건네준 오선지에 음표를 그려 넣기 시작했다.

아유미는 상자 위에 일곱 가지 색깔의 스팽글을 붙이는 내내 마음속으로 '소녀의 꿈'을 불렀다.

모에가 분홍색 상자 위에 작은 동물원을 완성하는 걸 기다렸다가 모아서 점원에게 가져갔다. 모레 오전 중으로 완성된다고 하니 이른 오후에 공항에 가기 전에 가게에 들러받으면 맞을 것 같았다.

"저기, 아까 그 점원 말이야."

운하를 따라 난 길을 걸으며 미즈하라가 조용히 입을 열었다.

"꽤 멋있었지?"

모에가 뒤를 이었다.

"어, 정말?"

아유미는 오르골 상자에 신경 쓰느라 점원은 제대로 보지 못했다. 이목구비보다는 하얀 피부와 찰랑거리는 긴 머리가 인상에 남아 있었다.

"나는 저런 예쁜 타입보다, 더 남자다운 쪽이 취향이지만. 좀 더 근육이 있는 쪽이 좋아. 키는 저 정도면 되려나."

"모에, 이것저것 너무 고르는데?"

"참고로 그 여 종업원도 그 점원을 노리고 있는 것처럼 보였어."

모에가 그럴싸하게 말했다.

"말도 안 돼, 진짜?"

"그럼. 점원분을 엄청 뜨거운 시선으로 쳐다보더라."

"예쁜 아이였지……, 뭐 그건 그렇고."

미즈하라가 화제를 돌렸다.

"그 점원, 곡을 쓰고 있었지?"

그는 몇 번인가 자리를 비웠지만, 대부분의 시간 동안 아유미의 맞은편에 앉아 있었다. 무릎 위에 노트인지 뭔가를 펼쳐놓고 무언가 쓰고 있었다.

"그게 작곡하는 거였구나."

"아마도, 얼핏 오선지가 보이더라."

"그런데 그 사람 보청기 같은 거 끼지 않았어?"

모에가 고개를 갸웃거렸다.

"정말? 그건 몰랐는데."

"나도."

"그러고 보니 말 걸었을 때 반응이 좀 둔했던 것 같은데? 집중해서 그런 줄 알았는데."

"잠깐만, 어쩌면 보청기가 아니었을지도 몰라."

모에는 자신 없는 어조로 다시 말했다.

"투명한 데다 머리에 가려서 잘 안 보였잖아. 이어폰 같은 거였을까?"

"흠. 내일모레 갔을 때 슬쩍 살펴볼까?"

미즈하라가 생각에 잠긴 얼굴로 대답했다.

하지만 이틀 뒤 가게를 찾았을 때는 점원을 몰래 관찰할 여유가 없었다.

세 사람 모두 늦잠을 자는 바람에 예정 시간보다 훨씬 늦게 호텔에서 나오고 말았기 때문이다. 전날 밤, 마지막 날이라고 긴장이 풀린 세 사람은 너무 많이 마시고 말았다.

점원이 오르골 소리를 들어보라고 했지만 사양했다. 쇼핑백 하나에 모두 담아서 미즈하라가 안고 전력으로 역까지 달렸다. 덕분에 한 시간에 한 대밖에 없는 공항행 특급열차의 출발 벨 울리는 것과 동시에 뛰어들 수 있었다.

열차 안은 텅 비어 있었다. 네 명이 앉을 수 있는 창가 자리에 아유미와 모에가 마주 앉고, 미즈하라가 모에 옆에 앉았다.

"아, 큰일 날 뻔했어."

숨을 고른 미즈하라가 건너편 빈자리에 내팽개쳤던 쇼핑

백에 손을 뻗었다. 무릎 위에 올리고 안을 들여다보았다.

"어?"

"왜 그래?"

"네 개가 있어."

미즈하라는 갈색 종이 상자를 쇼핑백에서 차례로 꺼냈다. 모에가 하나씩 받아서 열었다. 우선 분홍색, 그다음이 빨간색, 보라색, 각자의 손으로 장식한 나무 상자가 나타났다.

네 번째만 처음 보는 것이었다.

"이게 뭐지? 그 점원 잘못 준 건가?"

소재도 크기도 다른 세 가지와 같지만 색깔이 다른 파란색 나무 상자였다. 장식은 되어 있지 않았다. 아유미는 조심스럽게 말해보았다.

"우리 그 가게에서 루카에 대해서 말한 적 있었나?"

셋이서 온 손님이, 사실은 셋이 아니라 넷이서 한 팀이라고 알게 된 점원이 눈치껏 네 개째 오르골을 덤으로 주었다. 있을 수 없는 이야기지만 아유미는 그렇게밖에는 생각되지 않았다.

미즈하라와 모에가 동시에 아유미를 바라보았다. 엉뚱하게 웃긴 소리라고 생각했지만, 둘 다 정색하고 있었다. 아무래도 같은 생각을 하고 있었던 것 같다.

"거기서 얘기한 적 없는 거 같은데."

"그러게."

아유미도 루카의 이름을 입에 올린 기억은 없었다. 나무 상자에 아기자기하게 스팽글을 붙이면서 루카의 얼굴을 떠올렸을 뿐이다. 떠오르지 않을 수 없었다. 손안의 상자가 연주할 선율이 귓속에 가득 울려 퍼졌기 때문이다. 느긋하고 행복한, 루카가 만든 멜로디가.

아마 미즈하라와 모에도 아유미와 마찬가지였을 거다. 그렇다면 그 점원은 세 사람의 마음속을 읽었다―혹은 들었다―는 뜻이 된다.

에이, 설마.

"어떡하지? 돌려주러 갈 시간은 없는데."

미즈하라가 곤혹스러운 얼굴로 파란 상자에 시선을 떨구고 있었다.

"나중에 연락해보자. 그쪽이 잘못 준 거니까 뭐라 하지는 않겠지?"

아유미는 말했다.

"그래, 일단 들어보자."

모에가 분홍색 오르골을 무릎 위에 올려놓고 가느다란 손잡이를 잡고 빙글빙글 돌렸다.

"어?"

오르골에서 흘러나온 건 익숙한 그 노래가 아니었다.

곡이라고 할 수 없었다. 땡땡땡땡 같은 높이의 소리만 가늘게 날 뿐 선율이 만들어지지 않았다.

"이게 뭐야? 불량품이야?"

모에가 손을 멈추고 안의 기계를 들여다보았다. 뚜껑을 열고 닫더니 박스를 통째로 뒤집어 보았다. 겉보기에 이상은 없는 것 같았다.

"좀 더 천천히 돌려보면 어때?"

미즈하라가 충고했다. 하지만 몇 번을 다시 해도 마찬가지였다. 가게에 있던 견본에 비해서 소리도 대단히 낮았다.

"너희들 건 괜찮아?"

모에가 재촉해서 다음은 미즈하라가 보라색 오르골을 돌렸다. 손의 움직임에 맞춰 익숙한 선율이 들리기 시작한다.

"아, 내 건 제대로……."

말을 하던 미즈하라가 다시 미간을 찌푸렸다. 이쪽은 분홍색과 달리 음정은 있지만 역시 예상했던 멜로디와는 달랐다.

"미즈하라, 기타 악보로 썼어?"

"아니 그냥 메인 멜로디로 썼을 거야."

"그럼 어째서……."

깜짝 놀라 아유미는 자신의 오르골을 꺼냈다.

빨간색 상자가 연주한 멜로디도 주 선율이 아니었다. 분홍색, 보라색과도 달랐다. 가능한 한 일정한 속도를 유지하기 위해 아유미는 신중하게 손을 움직였다. 낮게 이어지는 멜로디가 귀에 익은 리듬을 만들어냈다.

"베이스……?"

모에가 핑크색 오르골을 다시 돌렸다.

"그렇다면 이건……."

조금 전 맥락 없이 뚝뚝 끊기던 소리가 그리운 리듬이 되어 귓전을 울렸다.

"다 같이 맞춰보자."

미즈하라의 목소리가 조금 들떠 있었다.

"그래, 하나, 둘, 셋, 넷에 들어가자."

처음에는 잘 맞지 않았지만 몇 번 해보는 사이에 딱 맞게 되었다. 괜히 4년 동안 같이 밴드를 한 게 아니다.

"대박, 대박."

"딱 맞았어."

"앗."

미즈하라가 괴상한 소리를 내며 건너편 빈자리에 손을 뻗었다. 시트 위에 놓아두었던 파란 오르골을 집었다.

"그렇다면 이건 혹시."

오르골을 돌리자 '소녀의 꿈'의 주 선율이 울렸다.

멜로디가 끝난 뒤에도 미즈하라는 손을 멈추지 않았다.

"있잖아, 이번에는 네 개로 맞춰볼래?"

작은 목소리로 허밍하던 모에가 들뜬 목소리로 말을 꺼냈다. 미즈하라가 오른쪽 무릎의 보라색 상자와 왼쪽 무릎의 파란색 상자를 내려다보며 고개를 흔들었다.

"안 돼. 흔들려서 두 개를 한 번에 돌리긴 어려워."

"그렇구나."

아쉽다는 듯 눈썹이 축 처진 모에가 갑자기 눈을 빛냈다.

"맞아, 두 개는 무리야."

모에가 갑자기 허리를 세워 두리번두리번 차 안을 둘러보았다. "괜찮겠어" 하고 중얼거리며 다시 앉더니 가방에서 휴대전화를 꺼내 귀에 갖다 댔다.

"여보세요, 루카?"

아유미와 미즈하라는 어안이 벙벙했다. 전화 저편에 있을 루카도 아마 그랬을 것이다.

"들어봐"

모에는 일방적으로 말하더니 대각선 시트에 휴대전화를 올려놓았다. 스피커 기능을 켰는지 흐릿하게 루카의 목소리가 들렸다.

"여보세요? 모에?"

모에가 분홍색 오르골을 양손으로 들고 아유미와 미즈하라에게 눈짓했다. 두 사람도 뒤늦게 모에의 의도를 이해했다. 팔을 뻗어 휴대전화에 각자의 오르골을 가까이 댔다.

"하나, 둘, 셋, 넷."

모에가 발로 맞춘 박자에 전차의 흔들리는 소리가 겹쳐졌다.

"루카? 들려?"

아유미는 손을 쓰지 못해 몸을 구부려 휴대전화에 입을 가까이 댔다.

대답은 없었다. 대신 노랫소리가 들려왔다. 파란색 오르골과 똑같은 선율이 들려왔다.

"나아가라, 나아가라, 나아가라, 소녀여."

스피커 저쪽에서, 루카가 노래를 부르고 있었다. 처음에는 목소리가 작았지만 점점 힘차게 들렸다.

"친구를 믿고 힘차게 달려."

"걱정할 필요 없어."

"우리의 꿈은 이루어질 거야."

어느새 세 사람 모두 노래를 흥얼거리고 있었다.

똑같은 멜로디를 몇 번인가 반복했다. 다섯 번째인지, 아니면 열 번째인지 문득 미즈하라의 목소리가 떨렸다.

"우리의 꿈을 이루어줘."

혼자만 살짝 다른 가사로 부르는 미즈하라의 뺨으로 눈물이 한 줄기 흘러내렸다. 빛나는 물방울이 오르골 위로 떨어져 튕겼다.

"우리의 꿈을 반드시 이루어줘."

아유미와 모에도 새로운 가사로 바꿔 불렀다. 대답하듯이 루카가 노래했다.

"우리의 꿈은 반드시 이루어질 거야."

루카의 목소리도 가늘게 떨리고 있었다. 차창 밖으로 스며드는 맑은 햇살에 네 사람의 노랫소리와 세 개의 오르골 소리가 녹아들었다.

고향

비행기에서 내리자마자 한기가 들어, 사부로는 작게 몸을 떨었다.

아직 바깥공기를 쐰 것도 아닌데 기분 탓일까? 통로를 걷는 승객 중에는 6월 하순의 도쿄에서 볼 수 없는 두꺼운 코트나 겉옷을 손에 들고 있는 사람도 드문드문 있었지만, 아무도 소매를 꿰어 입고 있지는 않았다.

"좀 더 따뜻하게 입고 가지 그래요?"

집을 나설 때 아내는 그렇게 권했다.

"밤에는 춥대요. 내일은 날씨가 맑다니까 조금 따뜻해질지도 모르지만."

"하룻밤 묵을 수도 있으니까 짐을 줄이고 싶어. 어떻게든 될 거야."

일부러 일기예보를 확인해준 아내의 배려가 고마웠지만 사부로는 고집을 부렸다. 저쪽의 기온에 맞춰 입고 가다니 분통이 터진다고 솔직하게 말했다면 아마 아내도 어이없어 했을 것이다.

사부로는 가방을 어깨에 걸치고, 재킷의 단추를 전부 잠갔다. 그러는 사이 하나, 둘 뒤에서 사람들이 추월해 지나갔다.

역시 춥다. 등이 싸늘했다. 기온이 원인이 아니라면 정신적인 것일까. 분에 맞지 않는 일을 생각했더니 금방 진절머리가 났다. 사부로는 빠른 걸음으로 출입구를 빠져나와 마중 나온 사람들을 곁눈질로 훑으며 공항에서 연결된 철도역으로 향하는 에스컬레이터를 타고 내려갔다.

서쪽으로 향하는 특급열차는 비어 있었다. 눈이 내리는 계절에는 연착할 일도 없었다. 예정대로 어두워지기 전까지는 집에 도착할 것이다.

어머니에게 연락을 받았을 때는 내일, 즉 토요일 이른 아침에 도쿄를 떠나면 당일치기로 다녀올 수 있지 않을까 생각했다. 그렇다면 회사를 쉬지 않아도 될 것이다. 게다가 사부로에게 있어 고향에서 보내는 시간은 짧을수록 바람직했다. 하지만 6시쯤 출발하는 아침 첫차를 타더라도 전철과 버스를 갈아타면 고향 마을에 도착하는 것은 낮이 다 된 시간일 것이다. 그러면 당일치기는 어렵다. 그렇다고 렌터카를 타고 가는 것도 마음이 내키지 않았다. 도쿄에서 사부로는 운전할 일이 거의 없었다. 집의 자동차는 거의 아내 전용이나 마찬가지라 가족들을 어디 데려다주거나 그녀가 쇼핑할 때 사용했다. 딸들에게 말할 수는 없지만 사부로는 아내처럼 도심의 혼잡한 길을 슥슥 달릴 자신이 없었다.

네 명이 마주 보고 앉을 수 있는 창가 자리에 혼자 앉았다. 이어폰을 귀에 꽂고 음악을 재생한 뒤 눈을 감았다. 경쾌한 피아노 선율이 흘러나왔다.

최근 아내가 좋아하는 클래식 음악이 사부로의 귀에도 기분 좋게 들리기 시작했다. 기분이 너무 좋아서 수마가 올 정도다. 휴가를 내기 위해 어젯밤을 꼬박 새웠기 때문이겠지.

눈을 떴을 때 전차는 이미 달리고 있었다.

통로를 사이에 두고 옆자리에 중년 여성 네 명이 앉아 있었다. 떠들썩하게 환성을 지르며 창문 쪽으로 목을 빼고 밖을 구경하고 있었다.

"멋져라, 저 끝까지 바다가 펼쳐지네."

"하늘이 넓네요."

네 사람 모두 곱게 단장하고 있었는데 차림새가 고상했다. 나이는 사부로보다 한층 연상인 60세 전후쯤일까. 발밑에 놓인 캐리어에는 항공사 태그가 붙어 있었다. 아이들이 독립한 뒤에 한가해진 부인들끼리 떠난 작은 여행일까? 이웃이거나 아니면 학창 시절 친구들일지도 모른다.

그들에 이끌려 사부로도 창밖으로 눈길을 돌렸다. 과연 넓게 펼쳐진 바다와 하늘이 보였다. 다시 말하면 그것밖에 없었다. 창틀로 잘린 직사각형의 딱 가로 중간을 하늘과 바다가 만나는 수평선이 갈라놓았다.

"날씨가 좀 더 좋으면 좋겠는데."

한 사람이 불쑥 말했다.

"하지만 내일은 날씨가 맑을 것 같아요."

다른 한 사람이 얼른 대꾸했다.

"그렇다나 봐요."

"일기예보에서 그러더라고요, 나도 봤어요."

서로를 위로하듯 혹은 격려하듯 투덕거리고 있었다. 분명 저 사람들은 이렇게 어두운 납빛이 아니라 여행사 팸플릿에서 볼 수 있는 푸르고 맑은 하늘과 바다를 기대했을 것이다. 이 일대는 예전부터 관광지로 인기가 많았다.

대학에 진학하면서 상경한 사부로는 고향이 어디냐는 질문을 받을 때마다 꽁무니를 뺐다.

처음에는 시골뜨기를 골라내어 바보 취급하기 위해서, 그러니까 일부러 묻는 건가 의심했지만 시간이 지나고 보니 그냥 할 말이 없을 때 건네는 잡담에 지나지 않았다. 도쿄 근교의 부모님 댁에서 다니는 사람이든 지방에서 올라와 하숙을 하는 사람이든 다들 스스럼없이 고향이 어딘지 주고받았다. 도심이나 전국적으로 이름이 알려진 거리가 아니고서야 대부분 도도부현(都道府縣, 都道, 府府, 縣縣. 일본의 행정구역을 나눠 부르는 명칭―옮긴이)으로 대답하는 사람이 많았다. 사부로도 그랬다. 북쪽 끝에 있는 촌스러운 어촌의 이름 따위 아무도 알 리 없었다.

사부로의 대답을 들으면 상대는 대체로 부러워했다. 근처가 관광지로 잘 알려진 탓일까. 풍부한 대자연, 맛있는 음식, 겨울 스포츠에 적합한 기후와 지형 등 다양한 장점이 있는 지역이었다.

하지만 사부로의 고향 집 주변은 예나 지금이나 관광과는 무관했다. 외지인이 그냥 걸어가기만 해도 사람들이 빤히 쳐다볼 정도의 시골이다. 울창하게 우거진 숲과 거친 바다는 자연의 혜택보다는 위협을 느끼게 한다. 느긋하게 바라보면서 쉬거나 마음이 정화되는 한가로운 경치는 어디에도 없었다.

기억을 더듬으면 우선 흐린 하늘이 떠오른다. 냉정하게 생각하면 사계절 내내 흐릴 리도 없고 언젠가 맑은 날도 있었을 텐데 왜 그런지 기억이 나지 않았다. 짙은 암회색 구름으로 도배된 하늘은 시야를 가려주는 높은 건물도 없어 마치 낮은 천장 아래 갇혀 있는 듯한 압박감이 들었다. 바다 역시 하늘 못지않게 음침한 빛깔이었다. 단조로운 파도 소리도, 암벽에 하얗게 흩뿌려지는 물보라도, 어딘지 불온하고 서늘하다. 게다가 비릿하게 불어오는 바닷바람은 무슨 저주처럼 끈적끈적하게 몸에 달라붙었다.

그런 곳에는 두 번 다시 돌아가고 싶지 않다. 돌아갈 생각도 없다. 사부로의 결의는 대학 시절부터 한 번도 흔들린 적이 없었다.

어느새 끊어져 있던 음악을 다시 재생할 마음도 생기지 않아서 사부로는 이어폰을 빼고 시트에 기대었다. 잠기운도 완전히 달아나 있었다.

옆의 네 사람도 이미 차창에는 눈길도 주지 않고 누군가가 가져온 과자를 나눠 먹고 있었다.

"이거 맛있네요."

"다행이군요. 손자가 알려주었어요. 인기 있는 가게래요."

그렇게 시작된 손자 이야기가 한바탕 흘러나왔다. 취직 활동이나 대학 수험에 대한 화제로 대화가 무르익었다. 다들 손주도 비슷한 또래 같았다. 사부로의 딸들과 같은 또래이거나, 조금 더 나이 많은 손자가 있다는 것은 보기보다는 나이가 많을지도 모른다. 어쩌면 갓 칠순을 넘긴 사부로의 어머니보다도 나이가 많을지도 모르겠다.

하지만 외모로는 완전히 반대였다. 마지막으로 뵈었던 어머니는 1년 전, 반세기를 함께 보낸 남편을 잃은 직후였다. 하지만 그래도 사부로의 어머니가 그들보다 훨씬 늙어 보였다. 도시의 노인은 왜 이렇게도 젊어 보이는 걸까, 사부로는 항상 그게 이상했다. 짜릿한 자극으로 얼룩진 자유로운 나날을 노래하기 때문에 늙지 않는 것일까.

"그래 맞아, 지난달에 같이 점심을 먹었던 긴자의 일식집 말인데요, 에비스에 분점이 생겼대요. 다음에 가보지 않을래요?"

"좋네요. 하지만 전 다이어트를 해야겠어요. 요즘 살이 쪄서요."

"에이, 전혀 그렇게 안 보이는데요. 요즘은 테니스 안 치세요?"

"요가도 좋아요. 효과가 서서히 나타나더라고요."

사부로의 어머니는 이렇게 친구들과 여행을 떠나본 적이 없을 것이다. 여행은커녕 마을 밖으로 나갈 기회조차 거의 없었을 것이다. 동네에서 즐기는 외식도, 헬스클럽도, 어머니의 인생에는 없었다. 사부로는 어머니가 그녀들처럼 편안하게 웃는 모습조차 본 적이 없었다.

하지만 지금이라도 늦지 않았을 것이다.

어머니도 도쿄로 오시면 새로운 생활을 시작할 수 있다. 콘서트나 연극을 보거나, 취미로 무언가를 배우거나, 그냥 거리를 산책하는 것만으로도 신선함을 느낄 수 있다. 며느리와 같이 사는 게 부담된다면 작은 집이라도 빌리면 된다. 외아들로서 그 정도 형편은 된다.

사부로는 오늘 밤이나, 내일 제사가 끝난 후에라도 어머니와 다시 이야기를 해봐야겠다고 마음먹었다.

어머니는 이미 충분히 열심히 사셨다. 날마다 집안을 돌보고 수협의 부인회에서 일했으며, 무엇보다 그 아버지를 부지런히 모셔왔다. 이제는 편안히 마음 놓고 쾌적한 여생을 보내셨으면 좋겠다. 더 이상 어머니를 옭아맬 사람은 없다. 죽은 남편, 그것도 하고 싶은 대로 다 하고 살다가 왕생한 그 사람에게는 거리낄 게 없을 것이다.

사부로가 태어난 고향에 발길을 멀리하게 된 가장 큰 이유는 하늘도 바다도 아닌 아버지 때문이었다. 마지막의 마지막까지 서로 이해하지 못한 채 사부로의 아버지는 세상을 떠났다.

종점에 도착한 특급전철에서 내린 사부로는 이제부터 어떻게 할까 고민했다.

모처럼 휴가를 내고 가장 이른 항공편을 탔는데도 어느새 시간은 이미 1시가 다 되어 있었다. '역시 멀구나' 하고, 사부로는 올 때마다 하는 생각을 했다. 고향까지는 이제 완행으로 갈아타고 다시 두 시간 가까이 가야 했다. 이 근처에서 늦은 점심을 때우는 편이 좋을지도 모른다.

휴대전화를 꺼내 한 시간에 한 대밖에 없는 전철 운행표를 확인했다. 가장 가까운 역까지 도착 시각을 확인하고 고향 집 번호를 불러냈다.

"네, 여보세요?"

"아, 난데."

말하는 순간 전화 저쪽의 목소리가 부쩍 높아졌다.

"어머나, 사부?"

어라, 하는 생각이 들었다. 이 호칭과 어조는 어머니가 아니었다.

"이모님?"

얼굴도 분위기도 달라서 얼굴을 보고 이야기할 때는 자매 티가 안 나지만 전화 목소리만큼은 어머니와 똑같았다.

"오랜만이네. 넌 이제 아예 이쪽으로는 오질 않는구나. 잘 지내는 거지? 일은 어떠냐? 부인이랑 아이들도 잘 있고?"

어차피 곧 만나게 될 마당에 벌써 물어볼 필요도 없는데 이모님이 자꾸 질문을 던졌다. 악의는 없는 것 같지만 수다 쟁이에다 소문을 좋아해서 아무에게나 척척 들이대는 이모 가 사부로는 옛날부터 편하지 않았다. 어머니는 오히려 얌 전하고 차분한 타입이기 때문에 자매가 왜 이렇게 다르냐고 예전부터 친척들도 이상하게 여겼다.

"뭐, 덕분에요."

"그래, 언니는 지금 내일을 준비하러 장 보러 나갔어."

사부로가 건성으로 대답했지만 이모는 신경도 쓰지 않고 화제를 바꾸었다. 그냥 물어봤을 뿐이고 아마도 조카들의 근황에는 별로 관심도 없을 것이다.

"사부야, 너 올 수 있는 거지?"

이모가 떠보듯이 물었다.

"꼭 와라. 갑자기 못 온다거나 하면, 언니가 실망할 거야.

형부도 그렇고."

"당연히 가야죠."

너는 믿을 수 없다고 단정 지은 듯한 말투에 사부로는 불끈 화가 치밀었다. 지금 있는 거리의 이름을 말하며 속으로 기다리라고 중얼거렸다. 그나저나 이모님이 집을 지키고 있다니 이건 혹시?

"이모님, 오늘 그 집에서 주무세요?"

"그래. 스님이 오시기 전에 여러 가지 준비도 해야 하고, 언니 혼자서는 힘들잖니."

사실은 사부로도 같은 생각을 하고 있었다. 이전의 반성도 겸해서 가능한 어머니를 도울 생각으로 왔다. 어머니에게도 전화로 그렇게 말해두었는데, 전해지지 않았던 걸까. 아니면 아들이 못 미더워서 동생에게 도움을 청한 걸까.

"그렇군요. 감사합니다."

어쨌든 오늘 밤 집에 묵는 건 그만두자. 이모님이 계시면 일손은 충분하고, 어머니와 천천히 이야기를 나눌 수도 없을 것이다. 이 근처에서 적당한 호텔을 찾아 묵고 내일 아침에 가보면 될 것이다.

"10시부터 시작이니까, 늦지 않게 일찍 와. 전화 왔었다고 언니에게 말해둘게."

이모는 일방적으로 이야기하더니 사부로의 대답은 기다리지도 않고 툭, 전화를 끊었다.

사부로는 곧바로 역 앞 비즈니스호텔에 방을 잡았다. 프런트에 짐을 맡기고 점심을 먹으러 나왔다.

항구 쪽을 향해 어슬렁어슬렁 걸어보았다. 몇 년, 아니 몇십 년 만일까. 가끔 귀성하면서 이 역에서 갈아탄 적은 있었지만 내려서 걸어 다니는 것은 오랜만이었다. 거리는 사부로의 기억보다는 한적했다. 평일이고 아직 여름휴가 시즌이라기엔 이른 어정쩡한 계절이기 때문일까. 길가에 늘어선 빌딩들도 낡고 초라해 보였다. 그만큼 세월이 흘렀으니 당연하지만 어쩐지 쓸쓸한 기분이 들었다.

큰길을 벗어나 뒷길로 접어들자 거리 분위기가 한결 고즈넉해졌다. 돌이 깔린 좁은 골목을 따라 흐르는 운하를 바라보니 그제야 조금은 그리운 마음이 들었다. 이런 풍경은 옛날과 크게 다르지 않았다.

무엇보다 이 거리에 자주 다닐 무렵 사부로는 운하에 관심이 없었다.

대학에 들어가 고향을 떠날 때까지 이곳은 사부로에게 있어서 근처에서 가장 큰, 그리고 유일한 도시였다. 중학교나 고등학교에 다닐 때는 친구와 함께 놀러 올 때가 많았고, 대학 입시를 준비하던 학원도 이 근처에 있었다. 수업을 마치고 나왔더니, 주변이 아직 밝아서 놀랄 때가 많았다. 처음에는 패스트푸드점이나 편의점이 대낮과 다름없이 문을 연다는 점도, 사람들이 많이 다닌다는 점도 낯설었다. 도쿄에 살고 있는 지금으로서는 믿기 어려운 시간에 끊어지는 막차를 놓치면 큰일이라 그때는 역을 향해 쏜살같이 곧장 달렸다. 술 냄새를 풍기며 비틀거리는 어른들을 피해 달리면서 언제나 집으로 돌아가고 싶지 않다고 생각했다. 하지만 가지 않을 수도 없었다. 아침에 돌아가기라도 하면 아버지에게 호되게 얻어맞았다.

아버지는 어부였다.

같은 어부라도 대형선을 타고 장기간 세계를 누비는 원양어업과 가까운 바다에서 당일치기 어업을 하는 연안어업은 일하는 방식도 사는 방식도 사뭇 달랐다. 사부로네 집은 아버지도, 할아버지도, 증조부도, 아마도 조상 대대로 연안어업을 업으로 삼고 있었다.

학교에는 원양어업을 하는 어부를 아버지로 둔 친구도 몇 명인가 있었다. 그런 아버지들은 세계 각지의 어장을 다니므로 한번 항해를 떠나면 짧아도 수개월, 길면 1년 이상 돌아오지 않았다. 가족과 보낼 수 있는 시간은 한 번의 고기잡이가 끝나고 다음 출항 때까지의 휴가 기간으로 한정되었다. 아버지가 언제 일을 떠나고 돌아오시는지는 아이들 표정만 보아도 금방 알 수 있었다.

사부로도 어릴 때는 아버지와 헤어져 살아야 하는 집을 불쌍히 여겼다. 집에 돌아와 아버지의 모습을 보면 기쁘고 든든하게 느껴졌다. 자신이 그렇게 느끼지 않게 된 것은 언제부터였을까.

날씨가 궂은 날을 제외하면 아버지는 항상 새벽녘에 출항했다 오후 일찍 귀가했다. 사부로가 학교에서 돌아오는 시간이면 아버지는 안방에서 TV를 보면서 홀짝홀짝 술을 마시고 있었다. 밥상에는 어머니가 만든 안주가 놓여 있었다. 뭔가 필요할 때면 아버지는 자리에서 일어설 필요가 없었다. '이봐' 하고 부엌을 향해 말을 걸면 어머니는 아버지가 무엇을 원하는지 금방 알아채고 술을 더 드리거나, 안주를 준비했다.

아주 드물게, 예를 들면 사부로의 간식을 챙기거나, 뭔가 대화를 하다가 어머니가 아버지의 부름을 못 들으면 귀찮게 되었다. '어이!' 하고 아버지는 노골적으로 소리를 질렀다.

그럴 때 어머니는 결코 변명하지 않았다. 하던 일을 전부

중단하고 아버지의 명령에 따랐다. 뒷전으로 밀려난 사부로는 불만이었지만, 이윽고 어머니가 아들을 지키려고 그렇게 하는 것임을 깨달았다. 사부로를 우선시하면 아버지가 분노의 화살을 아들에게 향하게 될지도 모른다. 아버지는 어머니에게 험한 말은 해도 손을 대지는 않았다. 하지만 사부로에게는 용서가 없었다. 사부로의 머리를 때리거나 어깨를 찌르는 일은 다반사였다.

사부로가 생각하기에 아버지는 나쁜 사람은 아니었다. 그저 어쩔 수 없는 기분파였다. 그날그날 아버지는 기분이 좋았다 안 좋았다 요동을 쳤다. 어부는 불안정한 직업이라 어쩔 수 없었다. 수확이 적은 날도 있고, 모처럼 잡은 고기인데 제값을 못 받는 날도 있었다. 하지만 자신이 먼저 기분 좋다는 듯 말을 걸었으면서, 불과 몇 분 후에 도깨비 같은 형상으로 마구 호통을 치는 아버지를 어린 사부로는 이해할 수 없었다.

"바다 날씨는 변덕스러우니까. 잠깐이라도 방심하면 치명적이다."

아버지는 그럴듯하게 말했다.

하지만 사부로는 신변의 안전을 위해 날씨보다는 아버지의 기분을 읽어야 했다. 목숨을 잃지는 않겠지만, 차가운 바다에 떠밀려 거센 파도에 시달리는 것은 사양이다. 숙련된 어부가 구름의 흐름이나 풍향을 보고 폭풍우를 예측하는 것처럼 사부로는 세심한 주의를 기울여 아버지의 언동을 관찰했다.

관찰하는 사이에 아버지라는 사람을 조금씩 이해할 수 있었다. 그리고 이해할수록 실망했다.

아버지는 시야가 좁고 교양이 없으며 너무 거칠었다. 입이 걸다. 게다가 무서울 정도로 완고했다. 뭐든지 자기 기준으로 단정 짓고 거기에 조금이라도 반론을 하면—혹은 그저 동의하기 어렵다는 표정을 짓기만 해도—격노했다. 자신을 바보 취급하지 말라는 것이 아버지의 입버릇이었다.

사부로가 아직 어릴 때까지는 괜찮았다. '아버지 말이 맞구나' 하면서 이러쿵저러쿵 아버지의 체면을 세워주려는 어머니에게도 의문을 품지 않았다. 그러나 사부로도 나이를 먹고 나름대로 머리가 굵어지면서 아버지의 말에 동의하기 어려워졌다.

초등학교 2, 3학년 정도까지는 아버지의 잘못을 일일이 지적했다. 선생님한테 그렇게 배웠다든가, 책에 이렇게 쓰여 있다든가, 설명하려고도 했다. 하지만 소용없는 일이라고 깨닫기까지는 그다지 오래 걸리지 않았다. 그 이후로는 아버지의 말을 잠자코 무시하게 되었다. 그리고 그 무렵부터 진지하게 공부를 하게 되었다. 사부로는 아버지처럼 되고 싶지 않았다. 좀 더 시야가 넓고 교양 있고 세련된 어른이 되고 싶었다. 사부로의 세상은 이제 아버지의 말대로는 보이지 않았다.

성적은 순식간에 올라가고 어머니는 기뻐했지만 아버지는 투덜댔다.

"공부 좀 한다고 먹고살기가 쉬울 줄 아나."

당연히 도움이 될 거라는 걸, 사부로는 이미 알고 있었다. 물고기를 잡는 데에는 국어도 수학도 영어도 별 도움이 안 될지 모르지만, 넓은 세상으로 나오면 그렇지 않다. 공부를 많이 해서 좋은 학교에 들어가고, 장차 좋은 회사에서 일하는 것이 사부로의 목표였다. 이 좁은 마을에서 탈출해 행복한 삶을 사는 것이다.

"우쭐거리지 마라. 잘난 체하다 험한 꼴을 당할 거다."

아버지는 언짢은 듯이 내뱉었다. 아버지가 부정하면 할수록 사부로는 오기가 생겨 더 열심히 공부했다.

그러다 크게 싸움이 난 건 사부로가 고등학교 2학년일 때였다. 사부로는 도쿄의 대학에 응시하고 싶다고 아버지에게 말했다.

"하지 마, 하지 마. 대학에 가봐야 다 소용없다."

사부로는 그를 외면하고 술을 마시는 아버지를 필사적으로 설득했다. 몇 년 전 아버지와는 대화가 안 된다고 포기했던 이래로 오랜만에 진심을 담아 이야기를 했다.

고등학교에서는 줄곧 1등이었다. 유명 대학에 합격하는 것도 꿈이 아니라고 선생님들도 응원해주었다. 본격적으로 수험 대책을 세우기 위해 시내의 학원에 다니라는 권유도 받았다.

"좋은 대학을 나오면 취업할 때도 선택지가 넓어지니까."

"선택지?"

아버지가 낮은 목소리로 말을 막았다.

"나는 어부가 되지 않을 거야."

사부로가 그렇게 말하자 아버지는 눈을 번쩍 떴다. 아들의 본심을 어렴풋이 느끼고 있었을 텐데 마치 엉뚱한 욕이라도 들은 듯 사부로를 노려보았다.

"뭐야?"

거무스름하게 그을린 아버지의 두 눈은 상한 생선처럼 충혈되었고, 입가에는 침이 고여 있어 굉장히 추했다.

"나는 어부가 되고 싶지 않아."

당신처럼은 되고 싶지 않다고, 사부로는 마음속으로 말했다.

"손 벌리지 않을게. 장학금을 받고 생활비도 아르바이트로 벌어서 해결하겠어."

그러니까 방해만 하지 않아주면 좋겠다.

"바보 취급 하지 마!"

아버지가 핏발 선 눈을 치켜뜨고 붕 하고 거칠게 팔을 치켜들었다.

"너, 뭐 하는 놈이냐?"

사부로는 한 손으로 머리를 감쌌다. 그리고 반사적으로 비어 있는 다른 손으로 아버지를 밀었다.

둘 다 앉아 있었기 때문에 그렇게 세게 밀지는 않았을 터였다. 하지만 사부로가 반격할 거라고는 예상하지 못했던 탓인지, 맞은 자리가 좋지 않았는지, 아버지는 어이없게 균형을 잃고 다다미 위에 벌렁 드러눕게 되었다.

걱정스럽게 지켜보던 엄마가 나지막이 비명을 지르며 달려왔다. 어머니의 손을 무자비하게 뿌리친 아버지가 벌떡 일어났다. 얼굴이 시뻘갰다. 얻어맞을 거라고 생각했지만 아버지는 밉살스럽다는 듯 사부로를 쏘아보다가 방에서 나가버렸다.

"맘대로 해봐라!"

돌이켜보면 아버지도 분명 내심으로는 포기하고 있었을

것이라고 사부로는 생각했다. 아버지도 알았을 것이다. 아들이 자신과 조금도 닮지 않았다는 것을, 피가 이어져 있어도 대화는 전혀 통하지 않음을.

정처 없이 걷는 사이에 감색 벽돌 건물이 눈에 띄었다. 해산물이 풍부한 이 동네에는 오래된 가게부터 관광객을 위한 대형 체인점까지 수십 개의 초밥집이 있었다.

사부로가 입구에서 멈춘 것과 거의 동시에 미닫이문이 안쪽에서 힘차게 열렸다. 일본 전통 스타일 앞치마를 두른 점원이 나와 사부로를 보고는 미안한 듯이 머리를 숙였다.

"죄송합니다. 점심 영업이 끝났습니다."

이 근처에 다른 괜찮은 가게는 없나 검색해볼까? 사부로는 주머니에서 휴대전화를 꺼내며 쓴웃음을 지었다. 잘 생각해보면 딱히 초밥이 먹고 싶지는 않았다. 세심하게 손질된 에도마에 스시(에도시대부터 시작된 도쿄의 전통 초밥—옮긴이)에 익숙해진 혀에 재료의 신선도만 강조하는 큼지막한 초밥은 촌스럽게 느껴져서 허전할 것이다.

머리가 잘 돌아가지 않는 것은 잠이 부족한 탓일까. 아니면 내일의 일이나, 고향에 가까워진다는 이유만으로 그 어느 때보다 긴장한 탓일까.

사부로는 마음을 고쳐먹고 근처의 고풍스러운 커피숍에 들어갔다. 무뚝뚝한 단발머리 여 종업원의 응대를 받아 샌드위치를 주문해 먹었다. 프렌치 로스트 커피도 맛있고, 적당한 음량으로 흐르는 재즈도 그렇고 꽤 좋아하는 가게였다.

좋은 선택이었는지 머리도 배도 안정되었다. 가게를 나오자 길을 사이에 둔 맞은편 가게의 쇼윈도가 눈에 들어왔다.

오래된 나무 문을 열자 딸랑, 하고 벨 소리가 울렸다.

"어서 오세요."

점원의 인사에 목례로 답하며 사부로는 가게 안을 둘러보았다. 좌우 벽을 거의 다 덮은 선반에는 위에서 아래까지 빽빽하게 칸막이가 되어 있고 선반의 한 단마다 투명한 상자에 담긴 오르골이 빈틈없이 놓여 있다.

문득 선물로 사 갈까 싶은 생각이 들었다. 음악을 좋아하는 아내와 딸들이 좋아할 것 같았다.

아내는 대학 동창이었다.

누군가를 처음 만나면 예외 없이 서로의 고향이 어딘지 물어보는 불필요한 정보 교환이 있었다. 도쿄, 그것도 23구 내에서 태어나 자랐다는 아내의 말에 사부로는 무심코 좋겠다고 탄식했었다. 마음속 깊은 부러움이 전해진 듯 그녀는 이내 화제를 바꿨다.

"오빠는 있어? 아니면 누나?"

그것도 자기소개를 하면 가끔 듣는 질문이었다. 고향에 대해 말할 때 정도는 아니었지만, 이것도 딱히 말하고 싶지 않은 화제였다. 하지만 그렇다고 거짓말을 할 수도 없었다.

"아니, 외동인데."

"그럼 왜 이름이 사부로(사부로를 한자로 쓰면 三郎, 三자가 들어가서 셋째에 자주 붙이는 이름이다—옮긴이)야?"

아니나 다를까, 그녀는 의아하다는 듯이 눈썹을 찌푸렸다.

잘 모른다는 게 평소 쓰는 답변이었다. 그렇지만 이때만은 적당히 둘러대기가 망설여졌다.

"아버지가 좋아하는 가수 이름이라서."

이렇게 솔직하게 털어놓다가 이제 와서 얼버무리기도 뭐해서 사부로는 자포자기하고 덧붙여 말했다.

"있잖아, 엔카 가수 중에."

"아, 그렇구나."

그녀는 생긋 웃었다. 역시 비웃는구나 싶어 사부로가 우울한 기분이 되어 있을 때, 아내가 뜻밖의 말을 했다.

"나도 마찬가지야."

그녀의 이름은 아버지가 경애하는 피아니스트의 이름을

따서 붙였다고 했다. 피아니스트와 엔카 가수는 전혀 다르다고 사부로는 속으로 생각했지만 입 밖에 내지는 않았다. '똑같아'라며 미소 짓는 그녀가 너무 귀여웠기 때문이다.

그리고 반년 정도 지나 아내와 교제를 시작했다. 부모님과 살고 있던 그녀는 가족들과 사이가 좋아서 금방 애인을 부모님께 소개했다.

처음 그녀의 집에 초대받았을 때는 정말로 긴장했다. 뭐랄까, TV 드라마에 나오는 집이라고 해야 하나. 응접실에는 반짝이는 그랜드피아노와 근사한 스테레오 장치가 놓여 있고, 넓은 거실 한쪽에는 가족들의 사진이 빼곡히 장식되어 있었다. 대형 신탁은행에 근무하는 아버지도, 집에서 피아노 교습을 하는 어머니도 사부로를 반갑게 맞아주었다. 너무 격식을 차리지 않으면서, 너무 스스럼없지도 않다. 손님에게 되도록 부담을 주지 않도록 무심한 듯 자연스럽게 대접하는, 이런 것이 도시의 교제인가 하고 사부로는 감탄했다.

그 후로도 혼자 살면 밥을 챙겨 먹기도 힘들 거라며 종종 그녀의 집에 불려 가 어머님이 손수 만든 저녁 식사를 대접받았다. 생활비를 마련하기 위해, 아르바이트를 여럿 하고 있던 고학생을 동정한 건지도 모른다. 로스트 치킨도 부야베스(지중해식 생선 스튜—옮긴이)도 비프스트로가노프(볶은 쇠고기에 러시아식 사워크림인 스메타나로 만든 소스를 곁들인 요리—옮긴이)도 사부로는 이 집에서 처음으로 먹어보았다.

그녀가 어머니를 도와 식사 준비를 하는 동안 사부로는 아버지와 응접실에서 음악을 들었다. 다같이 있을 때는 과묵한 그녀의 아버지는 단둘이 있으면 사부로에게 신경을 써주는 것인지 나름대로 말을 걸어주었다. 취미인 클래식 음악에 대한 이야기나, 업무와 관련된 이야기에 사부로는 흥미를 갖고 귀 기울였다. 가끔 그녀나 그녀의 어머니가 그런 이야기를 왜 하느냐며 아버지를 다그칠 때마다 사부로는 진심으로 재미있게 듣고 있다고 말했다.

애인의 아버지 마음에 들려고 한 것은 아니었다. 서른 살이나 연상의 상대와 말이 통하는 것에 감동하고 있었던 것이다. 사부로는 그녀의 아버지처럼 되고 싶었다. 머리가 좋고, 상냥하고, 고상한 취미를 즐기는 그는 사부로에게 있어 바야흐로 이상적인 어른이었다. 10대 시절 새로운 세계를 꿈꾸며 공부에 몰두했던 것처럼 사부로는 그분의 지식과 가치관을 흡수했다.

그리고 그 노력은 보상받았다.

사부로는 대학을 졸업한 뒤 그분과 같은 계열의 투자은행에 취직했다. 그로부터 3년 후 여자친구와 결혼했고, 3년 후에는 큰딸이 태어났다. 그리고 둘째 딸의 탄생을 계기로 처가 옆에 집을 짓고 이사했다.

새 집을 마련한 선물이라며 처부모님이 그랜드피아노를 선물로 주셨다. 아내는 개장 공연이라며 당시 피아노를 배우던 큰딸과 함께 연탄곡을 선보였다. 새로 산 소파에 처부모님과 나란히 앉아 아직 갓난아기인 둘째 딸을 무릎 위에 올리고 어루만지며 보았던 그 광경을 사부로는 평생 잊지 못할 것이다.

"선물을 찾으십니까?"

누군가 말을 걸어 뒤돌아보니 점원이 싱긋 웃으며 서 있었다.

"다양한 노래가 있으니 들어보세요."

점원은 바퀴가 달린 허리 높이까지 오는 작은 왜건을 끌고 오더니 선반 여기저기에서 오르골을 골라냈다. 적당히 고르는 건지 아니면 그만의 기준이 있는 것인지, 손길에 망설임이 없었다.

"그럼, 편히 보세요."

이렇게 등 떠밀려 사게 되나 싶었는데, 점원은 가볍게 인사를 하더니 멀어져 갔다. 사부로는 왜건 위에 놓인 대여섯 개의 오르골 가운데 하나를 생각 없이 집어 들었다.

상자에서 튀어나온 가느다란 손잡이를 돌려본 사부로는 무심코 '앗' 하고 소리칠 뻔했다.

그 곡이었다. 반질반질한 새 그랜드피아노가 연주했던 행복한 선율이 소박한 음색으로 표현되어 있었다.

그리운 음악은 순식간에 끝났다. 한 번 더 손잡이를 돌리려 하는데 주머니 속에서 휴대전화가 진동하기 시작했다.

사부로는 오르골을 왜건 위에 다시 올려놓고 빠른 걸음으로 가게 밖으로 나왔다. 뒤로 손을 돌려 가게 문을 닫고 다른 손으로 통화 버튼을 눌렀다.

"여보세요, 사부로? 아까 전화했었다면서?"

어머니였다.

"너 오늘 밤 여기 묵는 거 아니었니? 이모한테도 그렇게 얘기했는데 이야기가 안 맞는 것 같아서."

그랬구나, 사부로는 고개를 끄덕였다. 이모가 남의 말을 안 듣는 건 흔한 일이었다.

"아니, 내일 아침에 갈게."

"그래?"

뭔가 더 말하고 싶은 듯한 어머니에게 사부로가 선수를

쳐서 화제를 바꿨다.

"몇 명이나 와?"

"으으음, 그러니까 어른들이 2, 30명 정도 될라나?"

"또 난리가 나겠네."

상상만 해도 우울해졌다.

장례식 때도 심했다. 발인할 때까지는 다소 조용한 분위기였지만 묘지에서 돌아와 식사를 시작할 무렵부터는 모두 평소 같은 기세를 되찾았다. 떠들썩한 잔치를 즐기던 아버지를 공양한다는 명목으로 난장판이 벌어지다가 마지막에는 친족 대항 노래자랑이 되어버렸다. 그 아버지라면 과연 구질구질하고 음침한 분위기보다는 시끌벅적하게 술잔을 기울이는 쪽을 기뻐할지도 모르겠지만, 사부로의 아내는 눈을 동그랗게 뜨고 있었다. 이번 1주기에 같이 가자던 아내를 말린 것은 그런 부끄러운 마음을 다시 맛보고 싶지 않기 때문이다.

아버지도 술에 취하면 자주 노래를 불렀다. 아들에게 같은 이름을 붙일 정도로 좋아하던 가수의 곡은 물론 TV의 노랫소리에 맞춰 부르기도 하고 목욕탕에서 기분 좋은 듯 소리 높여 부르기도 했다.

심한 음치인 주제에 본인은 전혀 몰랐다. 그러면서 남에게는 엄격했다. 친구 어부들과 노래방에 가면 그들의 노래가 소음 공해라고 트집을 잡았고, 일반인이 참가하는 노래자랑 프로그램을 보면 그렇게 못하면서 남 앞에 나서지 말라며 종종 욕을 했다. 아무튼 입이 걸었다. 무심코 험한 말을 하는 것뿐이지 악의는 없고 오히려 애정이 있어서 그러는 거라고 어머니는 단언했지만, 험담을 듣는 쪽은 기분이 좋지 않았다.

아들의 예물에 대해서나 결혼식에서도 아버지가 평소처럼 독설을 해대지 않을까, 사부로는 걱정이 되어 정신을 차릴 수 없었다. 내 편이 되어주는 건 바라지도 않았다. 다만 처부모님을 비롯한 처가 친척과 지인들을 불편하게 하고 싶지 않았다. 제발 훼방 놓지만 말라고 대학 진학 때와 마찬가지로 기도했다. 모처럼 맺은 좋은 연분을 아버지가 망쳐놓는다면 견딜 수 없을 것이다.

다행히 아버지는 의외로 얌전했다. 줄곧 조마조마하던 사부로가 허무할 지경이었다. 생각해보면 익숙지 않은 일투성이니 아버지도 기가 죽었을지 모른다. 혼잡한 도시와 고층 빌딩의 무리에, 지금까지의 인생에서는 인연이 없었던 오래된 요정이나 고급 호텔의 분위기에, 그리고 처가 친척들의 세련된 모습에 말이다. 사부로가 집을 떠나고 나서는 이전처럼 아버지와 격렬하게 말다툼하는 일도 없어졌다.

하지만 사부로는 기억하고 있었다.

대학 합격을 축하해준 삼촌에게 '이 녀석은 공부밖에 볼 게 없어'라며 아버지가 별거 아니라는 듯 어깨를 으쓱한 것을. 취직했다고 말했을 때 '뭐야, 돈놀이하는 데 아니냐'라고 얼굴을 찌푸리던 것을. 양가 상견례가 끝나고는 '점잔 빼는 패거리군' 하고 기분 나쁘게 콧방귀를 뀌었던 것을. 겨우 휴가를 만들어 아내와 새해 인사를 드리러 갔더니 첫마디로 '오지 않아도 되는데'라고 했던 것을.

아이가 태어나자 고향에는 가지 않게 되었다. 천식을 앓는 큰딸은 추운 지방에서는 눈에 띄게 증세가 악화되었기 때문이다. 평소에는 손이 많이 가지 않는 둘째 딸도 무슨 이유에서인지 비행기를 아주 질색하여 이륙에서 착륙 때까지 두 시간을 내리 울었다. 직장에서 순조롭게 출세를 거듭해 일이 계속 바빠진 탓도 있었다. 손자의 얼굴도 보여주었고 할 만큼 했다는 생각이 든 사부로는 그 뒤로는 도저히 거절할 수 없는 관혼상제 때만 가능한 한 혼자 고향을 찾았다.

다만 어머니는 신경이 쓰였다. 남편과 아들 사이에 끼어 이러지도 저러지도 못하게 만들어버려 항상 죄송스러웠다.

"사부로, 내일 중에 도쿄로 돌아갈 거지? 너 좋을 때 가도 괜찮으니까."

어머니가 말했다.

"알았어요, 아침에도 늦지 않게 갈게."

대답하는데 아까 들었던 이모의 말이 사부로의 뇌리를 스쳤다.

"이번엔."

덧붙이자 전화 너머로 어머니의 한숨 소리가 들렸다.

사부로는 아버지의 임종을 지키지 못했다. 장례식 때 밤을 새우던 친척들도 그걸 알게 되었다. 너는 정말 불효자라며 정색하고 화를 냈던 건 이모 정도였지만, 다들 입 밖에 내지 않았을 뿐 그렇게 생각하는 게 느껴졌다.

"미안하구나."

어머니가 불쑥 말했다.

"사과할 것 없어요. 부르지 말라고 하셨잖아요."

아버지가 죽어가는 것을, 사부로는 몰랐던 것이다.

입원한 사실조차 알려주지 않았다. 아버지가 만약을 위해 검사를 하러 간다고 했기 때문에 어머니도 그렇게 심각하게 생각하지 않았고, 굳이 사부로에게도 전하지 않았던 것이다. 그런데 퇴원을 앞두고 아버지의 용태가 급변했다.

"만나도 어차피 싸웠을 텐데. 너도 그게 더 죄송했을 거야."

아버지는 몽롱한 상태에서도 그 녀석은 부르지 말라고 어머니에게 말했다고 한다. 게다가 용태가 나빠진지 몇 시간 만에 숨을 거두었기 때문에, 사부로가 곧바로 도쿄에서 달려왔더라도, 제시간에 오지는 못했을 것이다. 아버지는 만일 사부로가 오기라도 하면 바로 돌려보낼 거라고 말했던 것 같고, 아마 정말로 그렇게 했을 것이다.

하지만 어쩔 수 없었다고 친척들에게 변명할 마음도 생기지 않았다. 위독할 때에도 아들의 얼굴을 보기 싫어할 정도로 사이가 나빴던 것은 그야말로 불효의 증거일 수밖에 없었다.

"미안하구나."

어머니가 거듭 말했다. 언제나 그렇듯이 죽어서도 여전히 어머니가 신경 쓰게 만드는 아버지에게 사부로는 괜히 짜증이 났다.

"뭐, 이제 옥신각신할 일 없잖아요. 나도 좋고, 아버지도 마음 편하실 거예요."

짜증을 참고 농담처럼 말했다. 하지만 어머니는 여전히 진심이 느껴지는 목소리로 차분히 말했다.

"사부로가 와줘서 아버지도 기뻐하실 거야."

20여 년 전부터 고향에 갈 때마다 몇 번이나 들은 말이다. 어딜 봐도 아버지가 기뻐하는 기색은 없었지만, 그 자리를 원만하게 수습하려는 어머니의 배려를 존중해, 사부로도 반론하지 않고 넘겨왔다. 지금까지는.

그래도 할 만큼 했다. 이제 슬슬 됐지 않은가.

"반가울 리가."

사부로는 말대꾸를 했다.

"그렇지 않아."

"아니긴. 그 사람이 반가워하긴 무슨. 실제로 끝까지 오지 말라고 했고."

잠시 어색한 침묵이 흘렀다. 어머니가 할 말을 찾는 기색이 전파를 타고 전해져 왔다.

"……고집이 센 분이셨잖니."

어머니가 말하지 않아도 아버지의 성격은 잘 알았다. 너무 잘 알아서 탈이다. 어머니가 받아주는 바람에 점점 더 심해졌지.

망설이는 듯 잠깐의 사이를 두고 어머니는 덧붙여 말했다.

"사부로는 바쁘니까 방해하고 싶지 않다고 그러시는 걸 어쩌니."

이번에는 사부로가 말문이 막혔다.

이른 아침, 완만한 언덕 비탈길을 따라 조성된 묘지에 사람 그림자는 보이지 않았다. 어렴풋 아침 안개가 자욱한 가운데 작은 새의 조용한 지저귐을 들으며 사부로는 가파른 돌계단을 올라갔다. 점점 숨이 차올랐다.

바다를 내려다보고 서 있는 비석을 찾아 앞에 쭈그리고 앉았다. 비석 위에는 검소한 꽃다발이 올라가 있었다.

"왔니."

오솔길 끝에서 말소리가 들렸다.

"일찍 왔구나."

어머니는 한 손에 성묘용 국자와 물통을 들고, 다른 손에 새 꽃다발을 들고 있었다. 아직 평상복 차림이라 화장기도 없었다. 그래도 장례식 때보다는 꽤 안색이 좋아 보여 사부로는 내심 안심했다.

다가온 어머니가 사부로의 손을 들여다보았다.

"그게 뭐냐?"

어제 어머니와 통화를 마친 사부로는 구경하던 오르골을 사려고 가게로 다시 들어갔다.

왜건은 정리되지 않고 선반 앞에 그대로 있었다. 하지만 그 안에 아무렇게나 놓여 있던 투명한 상자는 모두 똑같이 보여 구분이 되지 않았다. 사부로는 아무렇게나 하나 집어 들어 손잡이를 돌려보았다. 작지만 귀에 들어오는 가련한 멜로디가 울려 퍼졌다.

노래를 듣는 순간 사부로는 하마터면 오르골을 놓칠 뻔했다.

뚝 끊어진 그 곡을 사부로는 잘 알고 있었다. 다만 아까 들었던 피아노곡은 아니었다.

영문을 모르겠어서 사부로는 손에 든 오르골을 멍하니 바라보았다. 문득 시선이 느껴져 고개를 들자 가게 안쪽에서 이쪽을 바라보는 점원과 눈이 마주쳤다. 그는 마치 사정을 다 안다는 듯 웃고 있었다.

계산을 할 때쯤 사부로도 이성을 되찾았다. 물론 낯선 점원이 자신의 사정을 다 알고 있을 리 없다. 그냥 우연일 뿐, 무슨 속임수를 쓴 거냐고 물어도 서로 당황스러울 뿐이다. 마음속으로 그렇게 자신을 타이르며 사부로는 점원에게 따지고 싶은 충동을 억눌렀다.

묘비 앞에 무릎을 꿇고 사부로는 오르골을 돌리기 시작했다.

"아아, 이 곡."

어머니가 눈을 가늘게 뜨고 가슴 앞에서 두 손을 마주쳤다.

"그립네."

사부로는 오르골에서 흘러나오는 엔카는 처음 들었다. 더듬더듬 연주되는 선율은 주먹을 흔들며 걸쭉하게 부르던 가수의 목소리나 귀에 거슬리는 아버지의 걸걸한 목소리로 들을 때와는 전혀 인상이 달랐다.

음악에 이끌리듯이 마음속에 묻어두려고 했던 말이 입에서 불쑥 튀어나왔다.

"알려주시면 좋았잖아요."

어머니가 사부로와 묘비를 번갈아가며 보았다.

"미안하구나. 아버지의 바람대로 해드리고 싶었어."

그것은 사부로도 이해할 수 있었다. 어머니는 마지막까지, 아니 마지막이었기 때문에 더욱 아버지의 뜻을 존중했던 것이다.

아버지는 사부로에게만은 무슨 일이 있어도 속마음을 들키고 싶어하지 않았다. 지금쯤은 하늘 위에서 분해 하고 있을지도 모른다. 어쨌든 뭐든 자기 마음대로 하지 않으면 직성이 풀리지 않는 성격이었으니까.

하지만.

"그럴 거면 왜 이제야 알려줬어요?"

"이제 슬슬 때가 됐나 싶어서."

어머니가 작게 웃으며 사부로 옆으로 몸을 굽혔다. 묘 앞에 꽃을 갈고 향에 불을 붙이더니 묵념했다.

"여기는 자주 오세요?"

"그래, 거의 매일. 할 수 있는 한은 계속 올 생각이야."

사부로를 향해서라기보다 묘비를 향해서, 어머니는 말한다.

"운동하기 딱 좋고, 게다가 전망도 좋지 않니."

어머니의 시선을 따라 사부로도 바다 쪽을 바라보았다. 어느새 흐린 안개는 사라지고, 아침 해가 비치는 포구의 파도 모양까지 선명하게 보인다.

"알았어요. 마음이 바뀌면 언제든 말해줘요."

그렇게 말하면서 사부로는 당분간 어머니의 마음이 바뀔 일은 없을 것 같다는 생각이 들었다. 아버지만큼은 아니지만 어머니도 의외로 완고하시다.

"도쿄는 도쿄대로 나쁘지 않아."

"고마워. 언젠가는 신세를 질지도 모르겠구나."

흘끗 사부로를 올려다본 어머니는 다시 묘비를 향해 돌아서서 '당신 말대로예요'라고 대화하듯이 말을 이었다.

"당신이 없어도 사부로가 있으니까 걱정 안 하셔도 돼요."

못 들은 척 사부로는 다시 오르골을 울리기 시작했다. 기운찬 음색이 강한 바람을 타고 하얗게 빛나는 바다로 흘러갔다.

바이엘

언덕 위에 세워진 교회까지 발길을 옮긴 건 오랜만이었다.

한여름의 따가운 햇살이 온 세상을 하얗게 밝히고 있었다. 하늘색 삼각 지붕도, 둥근 꽃 모양의 창문도, 달걀색 벽도, 초콜릿색 문도 기억과 다르지 않았다. 문 옆 화단에는 붉은색과 노란색의 작은 꽃들이 흐드러지게 피어 있고, 그 가운데로 나무 십자가가 서 있었다. 두 나무가 어우러진 가운데에 매미 한 마리가 붙어서 다급하게 울고 있다.

카논이 십자가 앞에서 멈춰 서자 매에에엠 하고 어중간한 소리를 짜내던 매미가 날아올랐다.

십자가는 카논의 키 정도의 크기였다. 이렇게 작았나 싶어 고개를 갸웃거리던 카논이 퍼뜩 깨달았다. '십자가가 줄어든 게 아니라 내가 큰 거구나.' 마지막으로 이곳에 온 것은 유치원 졸업식 때였다.

손꼽아 세어보니 3년 5개월 만이었다.

조심조심 문을 열고 교회 안으로 발을 들여놓았다. 싸늘하고 습한 공기가 화끈거리는 몸을 시원하게 감쌌다. 아무도 없다. 교회 안은 정면의 제단을 향해 곧장 통로가 뻗어 있고 그 좌우로 한 줄씩 빈 나무 벤치가 가지런히 늘어서 있었다. 제단 위에는 아기를 안은 성모상이 서 있었다.

카논의 시선은 벤치도, 제단도, 마리아상도 그냥 지나쳐 안쪽 왼편 벽가로 빨려 들어갔다. 여기에도 기억하는 그대로 갈색 오르간이 놓여 있다. 악보를 놓는 보면대 부근으로 스테인드글라스에서 비스듬히 들어오는 빛이 닿아 파랑과 초록, 오렌지색의 물방울무늬가 얼룩덜룩 떠 있었다.

카논은 벤치 사이의 통로로 걸음을 재촉했다. 그리운 마음이 물밀듯이 가슴에 차올랐다. 유치원에서 함께 놀던 친구와 집 근처에서 우연히 딱 마주쳤을 때처럼, 아니, 아마도 더 강렬한 느낌일 것이다.

카논이 처음 이 오르간을 연주한 것은 유치원 어린이반에 있을 때였다.

교회에서 운영하는 2년제 유치원은 교회 바로 뒤에 있었다. 2층 구조의 아담한 건물에 작은 정원과 수영장이 딸려 있었다. 신자의 아이는 극히 일부였고 카논을 포함한 대다수의 원아는, 성모마리아도, 예수그리스도도 모르는 근처의 아이들이었다. 기독교다운 점이라면 고작 음악 시간에 찬송가를 배우거나 점심 먹기 전에 기도를 하는 정도였다.

처음 유치원에 들어왔을 때 카논은 매일이 우울했다.

외동인 데다 유치원을 다닌 적이 없었기 때문에 또래 아이들과 잘 어울리지 못했고 빠른년생이라 몸집도 작았기 때문이다. 따돌림당하거나, 괴롭힘을 당하진 않았지만 시끄러운 다른 아이들 사이에 잘 끼어들지 못했다. 자유 시간에는 혼자 교실을 빠져나와 정원 구석에서 아무것도 하지 않고 멍하니 있었다.

"우리 아이 괜찮을까요?"

내성적인 딸을 걱정하는 어머니에게 선생님은 상냥하게 대답했다.

"좀 자기 세계가 강하지만 성실하고 아주 좋은 아이예요."

카논은 확실히 성실했다. 성과가 있다고 보긴 어려웠지만.

유치원에서 하는 대부분의 활동이 카논에게는 너무 힘들었다. 카논은 달리기가 느렸다. 수영장은 무서웠다. 놀이 시간에는 손발이 뒤엉켜서 뒹굴고 말았다. 그림 그리기도 공작도 서툴렀다. 열심히 하는데 왜 잘 안 되는지 카논 스스로도 알 수 없었다.

카논이 달리기에서 꼴찌를 해도, 어버이날을 맞아 그린 부모님 그림이 요괴처럼 보여도 어머니는 결코 화내지 않았다. 잘했다고 칭찬하고, 고맙다며 기뻐해주었다. 다른 아이들이 엄마에게 왜 못하냐고 혼나는 걸 볼 때마다 카논은 우리 엄마는 착해서 다행이라고 안도했다.

어쨌든 유치원을 참을성 있게 다니다 보니 선생님과 친구들에게도 익숙해졌다. 점점 유치원 생활도 즐겁진 않을지언정 고통스럽지는 않게 되었다. 단 한 가지, 도저히 익숙해지지 않는 것만 빼고는.

카논은 시끄러운 걸 매우 싫어했다.

유치원에서는 끊임없이 누군가가, 심지어 교실 안의 거의 전원이 목청껏 외치거나 울부짖었다. 그 소음은 카논의 두개골 안쪽에서 윙윙 울리며 두통과 어지럼증을 일으켰다. 일주일에 몇 번 있는 노래 시간도 카논에게는 고문이었다. 대담하게 음정을 무시하는 친구들의 노랫소리를 들으면 카논은 속이 울렁거렸다.

소음에 지지 않으려고 애써 소리를 질러봤지만 폭풍우 같은 대음향의 바다에서 카논의 목소리는 너무나 가냘파 거친 소음의 파도에 어이없이 휩쓸리고 말았다. 그러다 보니 머리뿐 아니라 목까지 아프기 시작해서 결국은 그냥 입을 뻐끔뻐끔 움직이며 노래가 끝나기를 기다리는 게 고작이었다.

어느 날 마침내 견딜 수 없게 된 카논은 노래를 하다 말고 두 손으로 귀를 막았다. 아무리 세게 눌러도 손가락 사이로 야만적인 소리가 스며들었다. 카논은 쭈그리고 앉아 몸을 웅크리고 오로지 손에만 힘을 주었다.

누군가 어깨를 두드려 고개를 드니, 선생님이 몸을 숙이고 카논을 들여다보고 있었다. 카논은 슬금슬금 손을 내렸다. 어느새 노래는 그쳐 있었다.

"카논, 왜 그러니?"

주위의 친구들도 의아한 표정으로 카논을 주목하고 있었다.

"힘들어? 어디 아파?"

"……시끄러워요."

카논이 솔직하게 털어놓자 선생님은 당황한 듯 눈살을 찌푸렸다.

그날 마중 나온 엄마는 선생님의 부름을 받고 텅 빈 교실 구석에서 심각한 대화를 나눴다. '언제나 말을 잘 듣고, 이런 일은 처음이지만…… 네네, 물론이죠, 친구를 나쁘게 말할 아이는 아닌데…….' 선생님의 목소리가 단편적으로 들려와 카논은 정신을 차릴 수가 없었다.

"카논, 노래 시간이 싫으니?"

집에 돌아오자마자 어머니는 카논에게 물었다.

"갑자기 왜 그랬어? 평소에는 노래 부르는 거 좋아하잖아."

그러다 어머니는 '아' 하는 소리를 내고는 카논의 눈을 들여다보며 계속해서 물었다.

"혹시 싫은 소리가 들렸어?"

선생님이 말한 것처럼 카논은 말 잘 듣는 아이였다. 유치원에서도 집에서도 좀처럼 떼를 쓰지 않았다. 어른의 말을 거스르지 않았고, 편식도 없고, 특별히 사이가 나쁜 아이도 ─마찬가지로 친한 아이도─ 없었다.

하지만 한 가지 예외는 소리였다. 카논은 소리에 관해서만은 굉장히 기호가 심했다.

다행히 집에 있을 때는 귀에 거슬리는 소리를 들을 일이 거의 없었다. 가끔 카논의 평온을 어지럽히는 것은 TV 소리

정도였다. 아나운서가 담담하게 읽어 내려가는 뉴스나 요란한 효과음이 들어가지 않는 다큐멘터리는 괜찮았지만, 버라이어티쇼나 토론, 어린이 애니메이션 같은 것을 카논은 참을 수 없어 했다.

"싫은 소리가 들려."

카논이 호소하면 부모님은 흔쾌히 TV를 꺼주었다.

"카논은 귀가 섬세하구나."

"그래도 아름다운 음악은 좋아하잖아. 노래도 잘하고."

"나도 당신도 그렇지 않은데 누굴 닮은 걸까."

"카논(카논이라는 이름은 한자로 향기 향[香] 자에 소리 음[音] 자를 쓴다—옮긴이)이라는 이름 덕분인가. 커서 악기를 배워도 되지 않을까?"

듣기 싫은 소리가 사라진 방 안에서 아버지와 어머니는 한가롭게 그런 대화를 주고받았다.

다음 날 어머니는 곧바로 선생님께 설명을 했다.

"아이가 귀가 예민해서 너무 많은 목소리를 한꺼번에 들으면 상태가 나빠지는 것 같아요."

"하지만 노래 시간에 카논만 내보낼 수도 없어서요."

선생님은 교실을 둘러보더니 손뼉을 탁 쳤다.

"그래, 반주 가까이 서면 약간은 괜찮지 않을까요?"

선생님이 한쪽 구석에 놓인 업라이트 피아노를 가리켰다. 성량보다 음정이 문제인 걸 알아차린 듯했다.

선생님 말은 맞았다. 카논은 큰 소리가 불쾌한 게 아니었다. 예를 들어 바람이나 비, 동물이나 새의 울음소리라면 다소 시끄러워도 아무렇지도 않았다. 까마귀의 아우성도, 천둥의 울림도 각각 흥미롭게 들릴 뿐이다. 야외에서 들리는 소리에 귀를 기울이는 것도 좋아했다. 개울물이 졸졸 흐르는 소리, 벌레의 날갯짓 소리, 나뭇잎이 바람에 쓸리는 소리, 밀려와서 되돌아가는 파도 소리. 세상은 싱그러운 음악으로 가득 차 있어 언제까지나 듣고 있어도 질리지 않았다.

며칠 후, 음악 시간에 선생님은 약속대로 카논에게 맨 앞줄 오른쪽 끝, 즉 피아노와 가장 가까운 자리를 주었다.

노래를 시작하자마자 카논의 아련한 기대는 이내 깨졌다. 역시 시끄러웠다.

하지만 어쩔 수 없었다. 모처럼 특별 대우까지 받았지 않은가. 게다가 예전처럼 엉터리 노랫소리에 빙 둘러싸이는 것보다는 나았다. 이런저런 생각이 카논의 머릿속을 맴돌았다. 바로 그때, 카논의 오른쪽 귀로 늠름하고 청량한 소리가 날아들었다.

피아노다.

카논은 몸을 비스듬히 틀었다. 정확한 음정과 리듬이 짜릿했다. 흰색과 검은색 건반 위를 날렵하게 춤추는 선생님의 부드러운 손가락을 눈으로 좇다 보니 어느새 자신의 목소리와 피아노 소리밖에 들리지 않았다.

그날부터 카논은 소리를 듣는 연습을 시작했다.

온통 뒤섞여 있는 무수하고 잡다한 소리 중에서 듣고 싶은 것만 골라 귀를 기울이는 것이다. 집중하는 게 요령이었다. 신중하게 귀를 기울이면 잡음의 소용돌이 속에 가라앉은 은밀한 소리도 제대로 건져낼 수 있었다.

방법을 익힌 뒤로는 노래 시간뿐 아니라 유치원 생활 전반이 편해졌다. 간혹 선생님의 지시를 놓치거나, 친구의 수다에 맞장구를 칠 기회를 놓치기도 해서 자기 세계가 강한 아이라는 평이 붙어버리긴 했지만.

힘들었던 노래 시간은 무엇보다 기다려지는 시간으로 바뀌었다. 카논은 매번 아무렇게나 입을 움직이며 너울너울 건반 위를 춤추는 선생님의 양손에 집중했다. 가사는 전혀 기억할 수 없는데도 선생님의 경쾌한 손놀림은 피아노의 음색과 하나가 되어 확실히 머릿속에 새겨졌다. 무의식중에 꾸준히.

그것이 증명된 건 방학이 끝난 뒤였다.

선생님이 교실에 가지고 온 악기를 처음 보았을 때, 카논은 이상하다고 생각했다. 피아노를 애매하게 따라 만든 가짜 같은 모양이었다. 건반 부분만 빼내서, 너비를 상당히 줄여놓았다. 하얀 건반은 열아홉 개, 검은 건반은 열세 개밖에 없었다.

"이건 키보드라는 악기야. 신도분께서 기부해주셨어."

선생님이 작은 건반을 손가락으로 가리켰다. 환호성을 지르는 친구들을 곁눈질하며 카논은 조금 실망했다. 피아노와 흡사한 전자음은 진짜보다 가볍고 얇았다. 어차피 가짜는 가짜다.

"얘들아, 사이좋게 놀아야지. 차례를 지켜서 순서대로."

모두가 새 장난감에 몰려들었다. 피아노 학원에 다닌다는 여자아이가 더듬거리는 손가락으로 동요를 몇 소절 쳤다. 교실을 뛰어다니는 개구쟁이 사내아이는 손바닥 전체를 건반에 밀어붙여 요란하게 불협화음을 울렸다.

카논은 교실에 새로운 것이 들어와도 성급히 달려들지는 않았다. 그곳에는 반드시 소음의 회오리가 생기기 때문이다. 귀에 들어오는 소리를 어느 정도는 선택할 수 있게 되었다고는 하지만 그래도 가능한 한 말려들고 싶지 않다.

그런데 그때만큼은 달랐다. 카논은 키보드가 놓인 책상 옆에 자리를 잡고 조마조마하게 차례를 기다렸다. 가짜라도 좋으니 만져보고 싶어 견딜 수가 없었다. 온몸이 묘하게 뜨거워서 안절부절못했다.

겨우 차례가 돌아와서 카논은 키보드 앞에 섰다. 심호흡을 한 번 하고, 양 손가락을 건반 위에 올려놓았다.

귀에 익은 선율이 흐르기 시작했다. 노래 시간에 다 같이 연습하던 외국 민요였다.

책상을 둘러싸고 떠들던 아이들이 리모컨으로 소리를 줄이기라도 한 듯 서서히 조용해졌다. 이어서 누군가 음악에 맞춰 나지막이 노래를 부르기 시작했다. 카논이 한 곡을 다 쳐갈 무렵에는 합창이 되어 있었다.

마지막 건반을 누른 카논은 잠시 넋을 놓고 있었다. 자신의 손이 이렇게 움직이다니 믿을 수 없었다. 상황을 살피러 온 선생님도 눈이 휘둥그레졌다.

"카논, 너도 피아노 배우니?"

카논은 고개를 저었다.

덜컹, 등 뒤에서 문 닫히는 소리가 나서 카논은 오르간 뚜껑에서 손을 떼었다.

들어온 사람은 허리가 굽은 할머니였다. 한여름인데도 시커먼 긴팔 블라우스에 역시 검은색 롱스커트를 입고 있었다. 할머니는 카논을 모르는 것 같았다. 불안한 걸음걸이로 느릿느릿 제단 앞까지 오더니 바닥에 무릎을 꿇고 머리 숙여 무엇인가 중얼중얼 기도하기 시작했다.

카논은 듣지 말자고 마음먹었다. 할머니의 쉰 목소리는 듣기 싫지 않았지만 카논이 아니라 하나님을 향한 개인적인 말일 테니까.

카논은 오르간에 기대어 눈을 감았다. 몇 초 뒤 창밖에서 우는 새의 지저귐을 잡아냈다.

유치원 선생님의 권유로 근처의 피아노 교실에 다니기 시작한 카논은, 이윽고 음악회나 교회 행사의 예배에서 반주자를 맡게 되었다. 성인 성가대에서 부탁한 적도 있었다. 모두에게서 노래하기 편한 반주라고 호평을 받았다. 연주가 정확하기 때문일까. 음 이탈도 없고 속도도 항상 안정돼 있다. 카논은 언제나 악보에 최대한 충실하게 손가락을 움직였다.

유명한 피아니스트의 음반을 들어보면 같은 곡도 연주자에 따라 전혀 달랐고 저마다 아름답고 개성적으로 연주하고 있었다. 하지만 카논은 곡을 칠 때 악보에 나온 지시를 반드시 지키지 않으면 직성이 풀리지 않았다. 악보는 피아노의 세계를 즐기기 위한 신성한 지도였다. 프로라면 몰라도 카논과 같은 아이가 마음대로 고쳐 쓸 수는 없었다. 가끔 CD를 따라 연주해보거나 굳이 악보와는 다른 속도나 페달 밟기를 시험해보았지만 전혀 마음에 들지 않았다.

악보 읽는 법은 피아노 교실에서 제대로 배웠다. 오선 위에 늘어선 음표와 건반의 대응, 음표와 쉼표의 길이, 기호와 알파벳의 의미, 외워야 할 것은 많았다. 처음엔 혼란스러웠고, 직접 손가락의 움직임을 보는 게 더 빠르다는 불만도 있었지만 한번 이해하고 나니 편리했다. 까다롭게 느껴졌던 기호도 히라가나나 한자보다는 훨씬 알기 쉬웠다.

카논은 청음을 잘했다. 건반이 보이지 않는 위치에 서서 울리는 소리를 맞추는 것이다. 아무리 복잡한 화음이라도 카논은 틀린 적이 없었다. 몇 소절이나 길게는 한 곡을 통째로 듣고서 그대로 재현해 보일 수도 있게 됐다.

그땐 좋았다. 피아노 학원에서도, 유치원에서도, 교회에서도 입에 침이 마르도록 칭찬을 들어 카논도 자랑스러웠다. 엄마, 아빠도 좋아하셨다. 소극적이고 서툰 외동딸이 처음으로 남들 못지않게 자신 있는 분야를 찾았으니까.

작은 새소리가 그쳤다.

카논은 눈을 뜨고 오르간 뚜껑을 손바닥으로 쓰다듬었다. 매끄러운 이 감촉도 기억하고 있었다. 카논은 교회에서 치는 오르간이 유난히 좋았다. 음색이 두툼하고 높은 천장에 잘 울려서 기분이 좋았다.

가슴 앞에서 성호를 긋고 일어선 할머니가 카논에게 시선을 멈췄다. 차례를 기다리는 것처럼 보였는지, '어서 가세요' 하고 손짓으로 제단을 가리켰다. 카논은 할머니가 권하는 대로 제단으로 나아가 성모마리아상과 마주 보았다.

'하나님, 저는 어떻게 하면 좋을까요?'

마음속으로 물어도 대답은 없었다. 그야 그렇겠지. 신은 정의로운 인간에게 구원의 손길을 내민다. 교회 목사이기도 하셨던 원장 선생님은 그렇게 가르치셨다. 지금의 카논은 구원받을 자격이 없는 것이다.

뒤에서 다시 소리가 났다. 입구의 문이 열리고 크고 작은 발자국 소리가 이어진다. 다섯, 아니 여섯 명 정도의 발소리가 들려 카논은 살며시 고개를 돌렸다.

함께 들어온 것은 중년 아줌마들이었다. 카논이 아는 분도 섞여 있었다. 성가대였다. 지금부터 연습을 하겠지. 벤치에서 잠시 쉬던 조금 전의 할머니도 아는 사람을 발견한 듯서로 인사를 주고받고 있었다.

쥐죽은 듯 조용하던 교회에 소란스러운 말소리가 울렸다. 카논은 오르간 의자에 놓여 있던 가방을 움켜쥐고 벽에 붙어 허둥지둥 출구로 향했다.

카논은 정처 없이 언덕을 내려갔다. 강렬한 햇살이 사정없이 내리쬐었다. 공원 옆을 지나갈 때 본 시계는 3시 조금 전을 가리키고 있었다.

이제 곧 레슨이 시작될 시간이다.

카논이 가지 않으면 미나미 선생님은 자신이 착각한 거라고 생각하실까. 레슨 시간이 바뀌거나 숙제에 사소한 잘못이 있을 때, 설령 그것이 카논이 깜빡하거나 착각했다 해도 미나미 선생님은 반드시 자신의 기억력을 의심했다.

"아니, 나이가 들면 건망증이 심해져서."

확실히 미나미 선생님은 나이가 많았다. 머리는 하얗고 얼굴은 온통 쭈글쭈글해서 CD 재킷에 있는 젊은 시절 사진과 똑같지는 않았다. 양손은 까칠까칠하고 손등에는 혈관이 불거져 나왔다. 힘이라곤 없어 보이는 그 손이 건반 위에서는 자유자재로 움직이고, 보기에는 도저히 상상할 수 없는 힘차고 유연한 소리를 냈다.

초등학교 2학년 새 학기에 카논은 미나미 선생님과 만났다.

1학년 때까지는 유치원 때와 같은 피아노 학원에 다녔다. 일주일에 한 번 있는 레슨을 카논은 항상 마음속으로 기다렸다. 초등학교 고학년이나 때로는 중학생용 곡을 배우기도 했다. 집에서도 평일에는 서너 시간, 쉬는 날에는 더 오래 연습에 매달렸다. 너무 집착하는 게 아닌가 하고 어머니가 걱정하실 정도였다.

여름방학에는 이웃 시에서 주최하는 초중등부 피아노 콩쿠르에도 나갔다. 그날, 음악 공연에서도 쓰는 홀과 거대한 그랜드피아노에 카논은 흠뻑 빠졌다. 고급 피아노는 신나는 소리를 냈고 공연장의 음향도 훌륭했다. 단상에서 심사위원들을 앞에 두고 침착하게 연주할 수 있을지 카논은 전날까지만 해도 불안해했다. 하지만 막상 대회에서는 긴장하기는 커녕 들떠 있었다. 과제곡 딱 한 곡밖에 못 치는 것이 아쉬웠다. 초등학생은 1학년부터 3학년이 저학년부, 4학년부터 6학년이 고학년부로 나누어져 있고, 저학년부의 지정곡은 카논이 유치원 때 배운 부르크뮐러였다. 카논은 적어도 고학년부의 쇼팽을 연주하고 싶었다.

2학년이나 3학년을 제쳐놓고 우승할 수 있으리라고는 생각도 못했다. 스스로도 기뻤지만, 그 이상으로 부모님이 기뻐하셨다. 어머니는 무척 감격했고 눈가에 눈물이 고이기까지 했다. 꼭대기에 높은음자리표 장식이 달린 작은 금빛 트로피를 든 카논을 트로피째로 힘껏 안아주었다.

"엄마는 피아노를 칠 줄 모르니까 카논이 얼마나 대단한지 잘 몰랐어. 앞으로 더 열심히 응원할게."

어머니는 미나미 선생님을 어떻게 알았을까. 피아노 학원에서 상담을 받은 것일까, 아니면 콩쿠르 때 알게 된 다른 학부모에게서 소개받은 것일까.

어쨌든 어머니는 유명한 피아니스트인 미나미 아키코가 은퇴해서 이 도시에 살고 있다는 것을 알아냈다. 그녀가 음악 활동을 하면서 많은 제자를 길러왔다는 것도.

"그건 옛날얘기죠."

처음 만났을 때 미나미 선생님은 그렇게 말했다.

"전 이제 그럴 만한 나이예요. 전화로도 말씀드렸다시피 고향에 돌아와서는 가르치지 않았고 그럴 생각도 없습니다."

전화로 거절당해도 어머니는 포기하지 않았다. 한 번만이라도 뵙고 싶다고 끈질기게 부탁한 끝에 카논을 데리고 막무가내로 선생님 집으로 달려갔다. 잘 손질된 낡은 단독주택은 세심하게 조율된 오래된 피아노를 연상시켰다.

"제발 부탁드려요. 한 번만 이 아이의 피아노 연주를 들어주세요."

어머니가 소파에서 일어나 허리를 깊이 숙였다. 카논도 황급히 따라 했다.

선생님은 난처한 표정으로 두 사람을 번갈아 보다가 이윽고 일어서서 방 안쪽에 자리 잡은 그랜드피아노로 다가갔다. 악보가 빼곡히 꽂힌 벽가의 책장에서 파란색 표지의 책을 한 권 빼내 중간쯤을 열더니 보면대에 놓았다.

"그럼 이걸 쳐보렴."

카논은 두근거리며 피아노 앞으로 다가갔다. 선생님이 의자 높이를 조절해주셨다. 앉아보니 딱 맞았다.

카논은 악보를 보았다. 모르는 곡이었지만 생각보다 쉬워 보여서 조금 마음이 편해졌다. 솔직히 좀 맥이 빠질 정도였다. 선율은 단순했고 어려운 손놀림도, 복잡한 화음도 없었다. 초보자를 위한 연습곡인 것 같았다.

카논은 한 번도 틀리거나 막히지 않고 곡을 연주했다. 연주할 때는 평소와 마찬가지로 쓸데없는 생각을 하지 않았다. 건반에서 손을 떼고 나서야 카논은 이것이 시험이었다는 생각이 들어서 쭈뼛쭈뼛 선생님을 올려다보았다.

미나미 선생님은 미소를 짓고 있었다. 처음 보는 미소였다. 그리고 부드러운 알토 톤 목소리로 이렇게 말했다.

"소리가 좋구나."

사거리에서 멈춘 카논은 땀이 밴 이마를 손등으로 닦았다.

아직 늦지 않았다. 여기서 오른쪽으로 꺾어 길을 따라가면 아까 지나쳐버린 선생님의 집까지 채 5분도 걸리지 않아 도착할 것이다.

아직 늦지 않았어. 가슴속으로 되뇌이면서 카논은 느릿느릿 왼쪽으로 꺾었다.

운하를 따라, 돌층계 좁은 길을 터벅터벅 걷는다. 악보가 담긴 가방끈이 어깨를 죄어들어 아팠다.

덥고 목이 말랐다.

레슨 전과 후에 미나미 선생님은 차를 내주었다. 이맘때면 우선 차가운 보리차를 내주셨고 끝나면 따뜻한 홍차가 나왔다. 홍차는 선생님도 드셨다. 쿠키나 초콜릿을 다과로 곁들여 둘이서 잡담도 나눴다. 선생님의 유럽 유학 이야기, 도쿄에서 열린 콘서트 이야기, 오케스트라 반주를 했을 때의 이야기도 흥미로웠다. 추천하는 음반을 들려주기도 했다.

"이 곡, 카논이 좋아할지도 몰라."

지금까지 선생님의 예상은 빗나간 적이 없었다. 연습곡을 정할 때도 그랬다. 초등학교 1학년 때 다니던 피아노 학원에서는 한 권의 교본을 처음부터 차례로 연습했지만 미나미 선생님은 달랐다. 곡을 마스터할 때마다 새로운 악보를 선반에서 꺼내주었다. 선생님이 고른 곡은 국가도 시대도 작곡가도 제각각이었지만 어느 것이나 카논의 취향에 딱 맞았다.

첫날 연주한 곡은 바이엘이라는 작곡가의 곡이라고 나중에 알려주셨다.

"전에 다니던 학원에서는 안 배웠니?"

"네."

"그래. 요즘은 그다지 유행하지 않나 보구나. 옛날에는 모두 바이엘부터 시작했는데."

하지만 카논은 바이엘이 좋았다. 선생님이 주신 악보를 가끔 집에서도 연주했다. 수수하고 약간 단조롭지만 무심하게 손가락을 놀리다 보면 머리가 텅 비고 속이 후련해졌다.

운하에 걸린 작은 다리를 건넌 카논은 발걸음을 멈추었다. 음악이 들렸다. 바이엘이 아닌 좀 더 복잡하고 묵직한 곡들이.

잘못 들었겠지. 요즘 자주 들려서 놀라지 않았다. 몇 소절로 그칠 때도 있고, 전곡이 끝날 때까지 멈추지 않을 때도 있었다. 오늘은 바흐의 신포니아 제8번이 울렸다. 멘델스존의 무언가집과 스카를라티의 소나타도 울렸다. 2주 전에 콩쿠르 지구대회에서 연주했던 세 곡이었다.

1학년 때 카논이 우승했던 이웃 시에서 주최하는 콩쿠르는 아니었다. 그보다 훨씬 유명하고 일본에서 가장 수준 높다는 학생 콩쿠르에 카논은 올해 처음 출전했다. 초등학생부는 4학년부터 응모할 수 있었기 때문이다.

귀에 달라붙은 바흐의 고지식한 선율을 외면하고 싶어 카논은 좌우를 둘러보았다. 사람은 보이지 않았다. 좁은 골목 끝에 오래된 커피숍 간판이 나와 있었다. 그 맞은편 건물에는 단단해 보이는 나무 문이 길 쪽을 향해 활짝 열려 있었다. 바로 앞에 쇼윈도가 있는 걸 보면 가게일까? 유리에 빛이 반사되어 무엇이 장식되어 있는지는 보이지 않았다.

한 걸음 앞으로 내딛자 바흐 소리가 약간 커졌다.

어라, 하고 카논은 의아하게 생각했다. 헛들었다고 생각했지만 평소와는 달랐다. 왜인지 오른손의 주선율만 자꾸 반복되고 거기에 덮치듯 겹쳐져야 할 왼손의 소리가 들리지 않았다. 음색도 피아노가 아니었다. 좀 더 가늘고 뻣뻣하다, 이건 무슨 악기일까? 어디서 많이 들어본 것 같기도 한데 기억이 나지 않았다.

음악은 귀 안쪽이 아니라 바깥쪽에서 들리고 있었다, 열려 있는 문 너머에서.

카논은 비틀비틀 문 쪽으로 다가가 안을 들여다보았다.

예상대로 그곳은 가게였다. 좌우 벽을 키 큰 선반이 덮고 있었다. 안쪽에서 점원이라고 생각되는 검은 앞치마를 두른 남자의 옆모습이 보였다. 그는 선반 쪽을 향해 있었다. 발밑에 종이 박스가 쌓여 있었다. 대청소나 아니면 이사를 하는 것인지 어느 쪽이든 영업을 하는 것 같지는 않았다.

정신을 차려보니 바흐는 끝나 있었다. 바흐는커녕 아무 소리도 나지 않았다. 역시 헛들은 것인지도 모른다. 악기 같은 것도 찾아볼 수 없었다.

카논이 돌아서서 오른쪽을 향하려는데, 점원이 문득 입구 쪽으로 얼굴을 돌렸다. 반짝 눈을 빛내더니 입을 열었다.

"어서 오세요."

카논을 가게 안으로 불러들이고 그는 다시 아까 자리로 돌아가 등을 돌리고 선반 정리를 재개했다.

카논은 심드렁하게 가게 안을 둘러보았다. 이런 작은 가게에 혼자 들어와본 건 처음이었다. 바깥의 햇살에 익숙해진 눈에 가게 안이 어둡게 느껴졌다. 구석진 곳에서 힘들게 고개를 돌리고 있는 구식 선풍기의 윙윙거리는 둔탁한 소리만이 한적한 가게 안을 또렷이 울리고 있었다.

점원과 반대편 벽 쪽의 선반으로 가까이 가보았다. 투명한 사각형 상자가 줄지어 늘어서 있다. 전부 안에 금색 기계가 하나씩 들어 있었다.

바흐의 정체는 이것이었을까.

"원하는 곡을 정하셨으면 알려주시겠어요?"

점원이 말을 걸어와 카논은 고개를 돌렸다. 정리 작업은 어느 정도 끝났는지 점원이 카논 쪽으로 몸을 돌리고 있었다.

"괜찮으시면 오리지널 곡도 만들어드릴 수 있어요."

마치 어른을 대하는 것처럼 공손한 말투에 위축되어 카논이 횡설수설 대답했다.

"아, 저…… 저는…… 우연히 앞을 지나가고 있었는데요……."

먼저 가게 안을 들여다봤으면서 살 생각이 없다고 이제와서 변명하다니 이상한 걸까. 하지만 어차피 돈도 없었다.

"걷고 있는데 바흐가 들려와서…… 아는 곡이라 좀 신경이 쓰여서……."

"바흐요?"

기분 탓일까, 점원이 눈을 살짝 크게 뜬 것 같았다.

"귀가 밝으신가 봐요."

놀란 듯이 말하며, 점원이 등 뒤의 선반을 바라보았다.

"음, 바흐가 어느 거더라."

"아, 괜찮아요."

카논은 당황해서 점원을 말렸다. 딱히 오르골을 갖고 싶은 건 아니었다.

동시에 언뜻 이상한 생각이 들었다. 내가 가게를 들여다보기 직전까지 노래가 울리고 있었는데 왜 어디에 있는지 모르는 걸까? 역시 그건 잘못 들은 것일까? 하지만 귀가 좋다고 점원이 감탄한 듯이 말했다. 그냥 손님을 상대로 말을 맞춘 것뿐일까?

"죄송합니다. 저 돈도 없어서요."

카논은 부끄러움을 참고 고백했다.

"돈요?"

점원이 어리둥절해하며 되풀이하더니 아아, 하고 납득했다는 듯 손을 저었다.

"그렇군요. 그럼 괜찮으시면 이걸."

점원이 발밑의 종이 박스를 안아 올려 카논의 앞으로 가져왔다.

"보시다시피 오늘 재고를 정리해서요. 기왕 오셨으니 원하는 걸로 하나 고르세요. 돈은 괜찮습니다."

상자 안에는 작은 오르골이 잔뜩 들어 있었다. 돈은 괜찮다는 건 공짜로 오르골을 주겠다는 뜻일까. 그런데 어째서?

가만히 서 있는 카논을 보고 점원이 의아하다는 듯이 물었다.

"바쁘세요?"

카논은 고개를 끄덕이려다 멈칫했다. 레슨 시간은 벌써 지나 있었다.

콩쿠르의 지구대회 초등학생부에서 카논은 4위를 했다. 전국대회에 나갈 수 있는 것은 각각의 부에서 상위 세 명뿐이다. 요컨대 예선 탈락이었다.

순위가 발표됐을 때 카논은 깜짝 놀랐다. 3위 이내에 입상할 거라고 기대한 건 아니었다. 오히려 그 반대였다. 다른 참가자의 연주를 들으며 나는 많이 부족하구나, 하고 각오하고 있었던 것이다.

후회는 없었다. 지금까지 연습 중에서 최고의 연주를 했다고 생각했기 때문이다. 물론 아쉬움은 컸지만 최선을 다했다는 성취감이 더 컸다. '정말 잘했어, 카논은 실전에 강하구나'라고 미나미 선생님도 칭찬해주셨다.

혼란스러워한 것은 카논이 아니라 어머니였다.

"어째서?"

결과가 발표된 순간, 어머니는 멍하니 중얼거렸다.

"카논이 제일 잘했는데."

딸을 위로하는 것이 아니라 진심으로 그렇게 믿은 듯했다. 시상식이 끝나고도 간혹 헛소리처럼 그 말만 되뇌이면서 자리에서 일어나지 않았다. 카논은 난처해져서 나직이 말했다.

"미안해."

"카논이 사과할 것 없어."

아버지가 쓴웃음 지으며 말참견을 했다.

"4위라니, 충분히 대단해. 잘했어."

집으로 돌아오는 길에 아버지가 운전하는 차 뒷좌석에서 카논은 꾸벅꾸벅 졸고 있었다.

눈을 감고 시트에 기대어 있었기 때문에, 조수석에서는 자고 있는 것처럼 보였을 것이다. 어머니가 불쑥 말했다.

"좀 더 현역에서 활약하는 선생님에게 배우는 편이 좋았을지도 몰라."

눈을 감은 채 카논은 숨을 죽였다. 그렇지 않다고 마음속으로 대꾸했다. 미나미 선생님이 아닌 사람에게 배우는 건 생각할 수도 없었다.

"미나미 선생님 괜찮으시던데? 카논도 마음에 들어 하는 것 같고."

아버지가 대답했다.

"좋은 선생님인 건 알죠. 다만 콩쿠르를 위한 레슨은 굉장히 어렵다고 들었어요. 심사의 포인트라든가, 요즘 경향이라든가, 다양하게 고려해서 손을 쓰지 않으면 안 된대요."

"그렇게까지 열심히 할 필요가 있어? 콩쿠르가 전부도 아니고."

"느긋해할 때가 아니에요. 프로가 되려면 지금부터 제대로 훈련해야죠."

어머니는 버럭 화를 내며 대꾸했다.

"프로라니, 카논은 아직 아홉 살이야."

"너무 늦은 거예요. 다른 애들은 다 어려서부터 본격적으로 영재교육을 받는데."

"뭐, 이런 말을 하고 싶지는 않은데."

아버지의 목소리가 반 옥타브 정도 낮아졌다. 조마조마하게 듣던 카논은 긴장으로 더욱 몸이 굳었다.

"당신 요즘 좀 과한 거 아니야?"

"과하다고요?"

"집착한다고 할지, 너무 신경질적이야……."

콩쿠르 전부터 확실히 어머니의 태도가 조금 이상했다.

카논이 방학 숙제를 하고 있으면 어머니는 그보다는 피아노 연습을 하라고 주의를 주었다. 집안일도 도와주지 않아도 된다고 했다. 라디오 체조도, 수영장도, 콩쿠르 전까지는 가지 않는 게 어떠냐고 했다. 작년까지만 해도 틈만 나면 피아노에 달라붙는 카논을 어머니가 오히려 말렸었는데.

"카논이 모처럼 재능이 있으니까 키워주는 게 부모의 의무잖아요?"

"물론 카논이 하고 싶어하면 시키면 되지. 프로가 되고 싶다고 하면 목표로 삼으면 되고, 선생님을 바꿔달라고 하면 바꿔도 좋아. 하지만, 부모가 앞서가는 건 카논에게 부담이 되지 않겠어? 오늘도 가장 실망한 사람은 카논일 거야."

어머니는 좀처럼 대답하지 않았다. 꽤 시간이 흐른 뒤 어머니는 혼잣말처럼 중얼거렸다.

"나는 그저 카논을 위해서……."

결국 카논은 점원이 내민 종이 박스를 두 손으로 받아 들었다. 어차피 레슨이 끝날 시간까지는 집에 갈 수 없었다. 이 땡볕에 시간을 보낼 곳도 없었다. 공짜로 준다고 친절하게 말하니까 그 호의에 응석을 부려보자.

"괜찮다면 저쪽에서 들어보세요."

점원이 안쪽 테이블을 권해주었다. 카논은 의자에 앉아

오르골을 하나하나 들어보았다. 바닥에 붙어 있는 태엽을 돌리면 소리가 났다. 알고 있는 곡도 몇 개 있었지만, 그렇지 않은 것도 많았다. 귀에 익지 않은 멜로디는 남지 않고 흘러가 깨끗이 사라졌다.

투명한 상자 안에는 표면에 미세한 돌기가 난 원기둥 모양의 부품과 빗살 모양의 납작한 부품이 나란히 배치되어 있었다. 원기둥의 돌기가 빗살을 튕겨 소리가 나는 구조인 것 같았다.

마치 피아노 같다는 생각이 들어 반사적으로 눈길을 돌렸다. 매끄럽게 반복되던 선율이 조금씩 어색하게 주춤거리더니 마침내 멈췄다.

지난주 콩쿠르가 끝난 뒤 첫 레슨에서 미나미 선생은 걱정스럽게 말했다.

"카논, 괜찮니? 소리에 기운이 하나도 없어."

카논은 아무 말도 못 했다.

"카논은 정말 열심히 했어. 너무 열심히 해서 지쳤나 봐. 무리하지 말고 잠시 쉬어보면 어떨까?"

카논을 위로하듯 선생님은 계속 말씀하셨다.

"아무나 1등이 될 순 없어. 여기는 그런 세상이니까. 하지만 1등이 되려고 연주를 하는 건 아니란다."

그로부터 일주일 동안 카논은 거의 피아노를 치지 않았다.

도저히 피아노 앞에 앉을 마음이 들지 않았다. 피아노를 배우면서 6년간 이런 일은 처음이었다.

전국대회에 못 나갔다고 기가 죽은 것은 아니었다. 의욕을 잃은 것도 아니고, 자포자기한 것도 아니었다. 단지, 스스로도 깨달은 것이다. 자신의 연주에 기운이 없다는 걸. 그런 소리로 연주를 하는 것도, 누군가에게 들려주는 것도 참을 수 없었다.

이번 기회에 다른 선생님께 배워보면 어떻겠냐고 어제 어머니가 말씀하셨다.

묵묵히 고개만 젓고 만 것은 생각을 전달할 자신이 없었기 때문이다. 자신의 생각을 말로 다 표현하기가 너무 어려웠다. 음악으로 이야기하고 싶다. 카논은 언제나 답답했다. 악기로 기쁜 소리나 슬픈 소리를 내는 걸로 전달이 되면 알기 쉽고 간단할 텐데.

솔직히 미나미 선생님은 나쁘지 않다고 말대꾸하고 싶었다. 입상하지 못한 것은 선생님 탓이 아니야. 내 실력이 모자랐던 거야. 그래서 더 열심히 해야 되는데, 열심히 연습해서 잘하게 되어서 엄마랑 선생님을 기쁘게 해드리고 싶은데.

"마음에 드는 게 있었나요?"

점원이 말을 걸어와 카논은 정신을 차렸다. 듣고 난 오르골이 탁자 위에 널려 있었다.

"죄송합니다, 아직."

카논은 덜컥 겁이나 고개를 숙였다. 건성건성 제대로 고르지 않은 걸 눈치챘을까. 공짜로 가져가라고 선심을 쓴 건데 이렇게 굴어서 기분이 상한 건지도 모른다.

"잠깐 기다려보세요."

말없이 카논을 내려다보던 점원이 불쑥 말했다.

점원이 귓가에 손을 얹고 긴 머리를 쓸어 올렸다. 잘생긴 좌우 귀에 투명한 기구 같은 것이 걸려 있는 걸 카논은 그제야 알아차렸다.

그는 기구를 척척 떼어내더니 탁자 위에 놓았다. 딸깍, 가벼운 소리가 났다. 플라스틱으로 만들어진 걸까. 안경 가장자리를 툭 잘라낸 듯 느슨한 커브를 그리는 막대 끝에 귀마개와 비슷한 동그란 부품이 붙어 있었다.

특이한 기구들을 자세히 들여다보는 카논을 그대로 두고 점원이 선반 쪽으로 가더니 새로운 오르골을 하나 들고 돌아왔다.

"이건 어떠세요?"

점원이 태엽을 돌렸다. 흘러나온 멜로디에 카논은 '앗' 하고 소리를 질러버렸다.

"찬송가?"

바로 조금 전, 교회에서 쓸쓸히 추억하던 곡이었다. 이 곡은 성가대의 십팔번이라 주일예배에서 자주 반주를 했었다.

그때는 마음이 편했다. 콩쿠르도, 미나미 선생님도 몰랐다. 건반 위에서 손가락을 움직이는 게 마냥 즐거웠다. 유치원 선생님들도, 친구들과 부모들도 감탄했고, 성가대분들이 고마워하자 예배 참석자들 사이에서도 평판이 좋아졌다. 카논의 피아노는 하나님의 선물이라고, 원장 선생님은 '잘 간직해요. 그 힘은 모두를 행복하게 해주니까요'라고 감개무량하다는 듯 말했다.

오르골이 멈추기를 기다렸다가 카논은 입을 열었다.

"이걸로 주세요."

"잘됐네요. 사실은 저도 귀가 나쁜 게 아니에요."

점원은 눈을 가늘게 뜨고 카논에게 고개를 끄덕였다.

"너무 잘 들리는 거죠."

'소리가 좋구나.' 갑자기 미나미 선생님의 목소리가 카논의 귓가에 울려 퍼졌다. 꽈악 하고 가슴이 막힌 것처럼 답답해졌다.

"종이 상자가 있으니까 넣어드릴게요."

점원이 의자에서 엉덩이를 들었다. 카논은 귓속에서 메아리치는 미나미 선생님의 목소리를 신경 쓰지 않는 척 미소를 지었다.

그때 갑자기 점원이 눈살을 찌푸렸다.

"으음?"

점원이 일어서다만 엉거주춤한 자세로 찬찬히 바라봐서, 카논은 당황해 눈을 내리깔았다. 억지웃음이란 걸 들킨 걸까.

"하나만 더 들려드려도 될까요?"

카논의 대답을 기다리지 않고 점원이 황급히 선반 쪽으로 걸어갔다.

가게를 나선 카논은 서둘러 선생님 집 쪽으로 향했다.

걸어가던 발걸음은 중간부터 거의 달리기로 바뀌었다. 선생님 집 대문이 보일 쯤에 카논은 땀범벅이 되어 숨을 헐떡거리고 있었다. 그대로 달리다가 넘어질 뻔했다. 길 끝에 카논 못지않게 헐레벌떡 뛰어오는 사람의 그림자가 보였기 때문이다.

"카논!"

처음 보는 무서운 얼굴로 달려온 어머니가 우뚝 서 있던 카논의 앞에 멈춰 섰다.

카논은 말없이 고개를 떨궜다. 발밑의 거뭇거뭇한 그림자가 구멍처럼 보였다. 차라리 뛰어들고 싶다.

"얼마나 걱정했는지 알아?"

머리 위에서 내려온 목소리는 사시나무처럼 떨리고 있었다.

카논은 깜짝 놀라 고개를 들었다. 어머니는 화가 나 있다기보다 어쩔 줄 모르는 표정이었다.

"선생님도 걱정 많이 하셨어. 어딜 갔었어?"

어머니는 카논이 레슨에 오지 않았다는 전화를 받고 찾으러 다닌 것 같았다.

"잘못했어요."

"있잖아, 카논. 이제 피아노는 치고 싶지 않니?"

카논은 눈을 커다랗게 뜨고 어머니를 올려다보았다.

"아까 전화로 선생님과 이야기를 나눴어. 조금 쉬는 게 좋지 않겠냐고, 지난주에 카논에게도 그렇게 말씀하셨다면서?"

어머니가 무릎을 꿇고 카논과 시선을 맞췄다.

"제발 솔직히 말해줘. 엄마 화 안 낼게. 카논이 원하는 대로 해주고 싶어."

카논은 어깨에 멘 가방을 손바닥으로 가볍게 쓰다듬었다. 가방 바닥이 볼록 부풀어 있는 것은 각진 종이 상자를 넣었기 때문이다.

점원이 선반에서 새로 꺼내준 오르골을 듣고 카논은 숨을 죽였다. 바흐도 찬송가도 아니지만 익히 알고 있는 곡이 또 흘러나온 것이다.

"피아노를 배우시나요?"

점원은 부드러운 목소리로 물었다.

"네."

그렇다고 대답하다니, 평소의 카논이라면 있을 수 없는 일이었다. 모르는 어른에게 속마음을 털어놓는 말을 하다니.

하지만, 이 사람이라면 알아주지 않을까 하는 생각이 들었다. 카논의 가슴 깊은 곳에서 울리는 음악을 훌륭하게 들어낸 그라면.

콩쿠르에서 떨어진 것, 피아노 칠 의욕이 사라진 것, 오늘 레슨을 빼먹은 것까지 전부 말했다. 점원은 말없이 귀를 기울였다. 그러고는 이야기가 끝날 무렵 두 개의 오르골을 테이블에 올려놓았다.

"어느 쪽이든 좋아하는 걸로 골라요."

카논은 두 개의 오르골을 비교해보았다. 전부 털어놓아서인지, 어느 정도 마음이 가벼웠다.

깊이 숨을 내쉬고 귀를 기울였다.

"이쪽으로 할게요."

점원이 새로 꺼내준 오르골을 가리켰다. 그는 만족스러운 듯 눈가에 웃음을 띄우고 카논이 고른 오르골을 집어 들어 태엽을 감았다.

소박한 바이엘의 선율이 카논의 귀에 스며들었다.

점원이 종이 상자에 포장해준 오르골을 가방에 넣고 카논은 인사도 하는 둥 마는 둥 가게를 뛰쳐나갔다. 어쩐지 피아노를 치고 싶었다. 한시라도 빨리 건반을 만지고 싶어 견딜 수가 없었다.

엄마의 눈을 보면서 카논이 입을 열었다.

"나 피아노 계속하고 싶어."

'아무나 1등이 될 순 없어.' 지난주 미나미 선생님은 카논에게 그렇게 말했다. '여기는 그런 세상이니까. 하지만 1등이 되려고 연주를 하는 건 아니란다.'

그때는 그저 선생님이 카논을 달래려고 하는 말인 줄 알았다. 하지만 아마 그게 맞을 것이다. 선생님은 순수하게 사실을 전해주었다.

"더 잘하고 싶어."

그리고 다시 한번 좋은 소리를 찾고 싶다.

선생님이 말하는 '그런 세상'에 뛰어들겠다고 카논은 스스로 결정했다. '소리가 좋구나' 하고 칭찬받은 그날, 그 순간에.

"알았어."

어머니가 카논의 머리를 쓰다듬고 허리를 폈다.

"그럼 같이 선생님한테 사과하러 가자."

카논은 어머니와 함께 문 안으로 발을 내디뎠다. 어디선가 바이엘의 멜로디가 들려왔다.

건너편

무카이(건너편—옮긴이) 씨는 항상 갑자기 찾아왔다.

슬슬 오려나 싶을 때는 좀처럼 오지 않는다. 오지 않겠지 하는 날이면 반드시 왔다. 근처에 사는 길고양이처럼 아무런 조짐도 규칙성도 없이 불쑥 모습을 드러냈다.

생김새는 고양이라기보다 개와 비슷했다. 째진 눈이 약간 처져 있어서일까. 전체적으로 색소가 옅어서 눈동자도, 턱에 닿는 긴 머리도 갈색이었다. 피부도 미즈키만큼 하얗다. 그리고 기척이 없었다. 문득 정신을 차려보면 출입문 옆에 멍하니 서 있을 때도 있어서 깜짝 놀라게 된다.

점장은 무카이 씨가 꽤 잘생겼다고 했지만, 미즈키의 취향은 아니었다. 삐삐 마른 데다 나이도 짐작하기 어려웠다. 미즈키 또래로 보일 때도 있고 훨씬 연상으로 보일 때도 있었다. 신경이 쓰이는 건 특별한 감정이 있어서가 아니라 그가 불쑥 나타나기 때문이다. 간혹 관광객이 오는 것을 제외하면 이 가게는 거의 단골손님이 찾는 편이었다. 그리고 그들은 대체로 오는 요일이나 시간대가 정해져 있었다.

입구에서 안쪽으로 가게를 가로지르듯 길게 만들어진 카운터를 끝에서부터 정성껏 닦으면서 미즈키는 곁눈질로 문쪽을 바라보았다.

이번 주는 아직 한 번도 무카이 씨를 보지 못했다. 오늘쯤 오지 않을까 하는 예상은 계속 빗나가 벌써 토요일이 되고 말았다.

"미즈키, 그거 끝나면 간판 좀 내다 놔줄래?"

카운터 안쪽에서 점장이 말했다.

"네."

미즈키는 카운터 너머로 손을 뻗어 개수대 옆에 행주를 떨어뜨렸다.

"그리고 트리도 부탁해."

점장도 카운터 밖으로 나와 구석진 오디오 장치 앞에 섰다. 턱수염을 만지작거리는 것은 그가 생각에 잠겼을 때의 버릇이다.

미즈키는 입구 옆에 있는 무릎 정도 높이의 네모난 간판과 작은 전나무 화분을 양손에 들고 밖으로 나섰다. 가느다란 가지에 빨간 리본 몇 개를 묶어놓은 조촐한 크리스마스트리는 이 가게의 분위기와 잘 어울렸다.

등으로 문을 닫자 흥겨운 크리스마스캐럴이 뚝 그쳤다. 날카로운 냉기가 몸을 쿡 찌른다. 잠깐 숨을 멈추었다 천천히 내쉬었다. 만화책 말풍선 같은 하얀 덩어리가 공중에 둥실 떠오르다가 사르르 녹았다. 하늘을 뒤덮은 투박한 구름 사이로 약한 햇살이 쏟아지고 있었다.

미즈키는 좁은 골목을 사이에 둔 건너편 가게를 살짝 엿보았다. 쇼윈도 안쪽은 어두웠다. 무카이 씨는 아직 출근을 안 한 것 같았다.

무카이 씨는 그의 본명이 아니었다. 건너편 가게의 주인이기 때문에 미즈키와 점장이 그렇게 부르고 있었다.

미즈키는 자기 가게 쪽으로 돌아서서 트리 화분과 간판을 입구 바로 앞에 늘어놓았다. 가벼워진 두 손을 교차해 몸을 감싸고 허리를 폈다. 문의 위쪽 반 정도를 장식한 유리가 햇빛을 반사해 거울처럼 선명하게 상반신을 비췄다.

얼굴을 가까이 대고 빠르게 앞머리를 고쳤다. 오전에는

무카이 씨가 올지도 모른다. 날이 날이니 만큼, 지난주 목요일에 오고 꽤 못 보기도 했으니까. 하지만 그런 기분이 든다는 것은, 역시 오지 않을지도 모르겠다.

"안녕하세요."

뒤에서 말을 걸어와 미즈키는 벌떡 일어났다. 조심조심 뒤돌아보니, 웃는 얼굴의 무카이 씨가 서 있었다.

오전 중에는 전에 없이 바빴다.

원래 토요일은 비교적 손님이 많았다. 휴일 아침을 느긋하게 보내는 직장인 단골손님에 섞여 두 남녀가 자리를 채우는 것은 평소 자주 볼 수 있는 광경이었다. 어쨌든 이 가게는 동네에서 로맨틱한 데이트 장소로 자리 잡았기 때문이다. 운하와 그 주변에 들어선 서양식 고풍스러운 건물들은 분명 독특한 운치가 있었다. 번화가에 줄지어 있는 관광객들을 노리는 가게 외에도, 뒷골목으로 은신처 같은 카페나 세련된 잡화점 등이 많아지고 있었다. 그래서 미즈키 같은 현지의 젊은이들도 놀러 오게 되었다. 중심가에서 조금 벗어난 세련되지도 뭣도 아닌 이런 커피숍에도 그런 손님들이 간간이 섞여 들었다.

그런데 오늘은 유독 그런 손님의 비중이 높았다.

"죄송합니다, 공교롭게도 만석이라."

미즈키는 신문을 한 손에 들고 들어온 니케이(일본경제신문—옮긴이) 씨에게 사과를 했다.

무카이 씨뿐만 아니라 단골손님에게는 점장이 마음대로 별명을 붙인다. 니케이 씨처럼 가지고 다니는 물건에서 따서 붙이는 경우도 있는가 하면, 말버릇이나 외견, 그 사람만이 가진 특징을 따서 붙이는 경우도 있었다.

말할 때마다 '사실은 말이지'라고 시작하는 엘리트 씨. 구두도, 가방도, 반지나 보석 액세서리도, 머리 색깔까지 보라색으로 통일한 무라사키(보라색—옮긴이) 씨. 매번 꼭 블루마운틴을 주문하는 아오야마(푸른 산—옮긴이) 씨. 프로야구 경기 결과에 따라 마치 다른 사람처럼 기분이 좋았다, 나빴다 하는 간사이 사투리를 쓰는 토라(호랑이, 간사이 지방 대표 야구팀인 한신 타이거즈의 팀 마스코트 '토라'에서 따온 것—옮긴이) 씨. 개성적인 이름들은 기억하기 쉽고 편리하지만 무심코 본인에게 그렇게 불러버릴까 봐 조마조마하다.

"아냐 괜찮아, 장사가 잘돼서 다행이네. 또 올게요."

니케이 씨는 괜찮다고 했지만 매주 빠뜨리지 않고 찾아주는 단골손님을 돌려보내려니 미즈키도 마음이 불편했다. 카운터 한가운데에 10대로 보이는 커플이 가이드북을 펼쳐놓고 이럭저럭 수십 분을 눌러앉아 있었다.

"크리스마스니까 말이지."

정확하게는 크리스마스이브였다. 행복한 두 사람이 함께 뿌리는 들뜬 공기가 평소에는 조용한 가게를 채우고 있었다.

니케이 씨를 배웅한 미즈키가 카운터 안쪽으로 돌아왔을 때, 점장이 귀띔했다.

"미즈키, 웃어, 웃어."

"죄송합니다."

"미즈키는 웃을 때가 백배 귀여우니까."

점장이 진지하게 말해서 미즈키는 쓴웃음을 지었다.

"그래, 그 얼굴로 잘 부탁해."

손님 상대는 익숙하다고 생각했는데.

미즈키는 중학교 때부터 집에서 하는 주류점 일을 가끔 거들었다. 주택가에 있는 가게라 찾아오는 손님은 대부분 근처에 사는 예전부터 낯익은 사람들이었다. 그래서 진상 손님은 잘 없었다. 그래도 가끔 기분 나쁘게 굴거나, 잘 맞지 않는 손님은 역시 있었다. 가게 점원 일을 하면서 어떤 손님이든 능숙하게 다루는 방법을 배웠다.

하지만 가게 손님은 몇 분이나 길어도 십 몇 분이면 나가는 것에 비해, 커피숍에서는 그렇지 않았다. 머무는 동안 계속 상대를 하진 않아도, 가게 안에 누군가 있는 한 마음을 놓을 수 없었다. 이곳에서 아르바이트를 시작한 지 2년 째, 미즈키의 접객 솜씨는 순조롭게 향상되고 있었다. 집이 아닌 다른 곳에서 일해보기로 마음먹은 것은 나쁜 생각은 아니었다고 생각한다.

그리고 여기에는 아는 사람이 오지 않아서 좋았다.

얼굴을 아는 손님은 몇 명 정도 있지만, 그들은 미즈키를 '주류점 딸 미즈키'가 아니라 '점원'이나 '언니'라고 부른다. 지금껏 미즈키의 가족이나 친구가 이곳에 온 적은 한 번도 없었다.

오전이 지나자 썰물 빠지듯 손님들의 발길이 뚝 끊겼다.

어디까지나 커피를 주 메뉴로 하고 싶다는 점장의 뜻에 따라 가게에서는 점심 메뉴를 팔지 않았다. 가벼운 식사류도 토스트나 샌드위치같이 손이 많이 가지 않는 메뉴로 한정돼 있다. 덕분에 점심때에는 대개 가게가 비어서 미즈키는 천천히 식사를 할 수 있었다.

"수고했다. 들어가서 쉬어."

점장의 말에 미즈키는 부랴부랴 카운터 안쪽으로 들어갔다. 입구에서 보이지 않는 부엌 한쪽에 놓인 스툴에 앉아 가방에서 빵을 꺼냈다.

점장과 둘만 남으면 조금 전까지 웅성거림에 섞여 뭉개지던 음악이 갑자기 또렷하게 귀에 울린다. 점장은 미즈키를 위한 커피를 내리며 '징글벨'의 멜로디를 흥얼거렸다.

"좋지, 크리스마스는."

"그래요?"

점장이 내민 하늘색 머그잔을 양손으로 받아 들고 미즈키는 고개를 갸웃거렸다. 목소리가 딱딱했나 싶어서 농담인 양 덧붙였다.

"너무 바쁘잖아요. 뭐, 가게로서는 고마운 일이지만."

"물론 고맙고말고, 다들 행복해하는 게 좋지 않니?"

점장이 싱글싱글 웃으며 대답했다.

도저히 돈이 벌린다고는 생각되지 않는 이 가게가 그럼에도 근근이 망하지 않고 버티는 것은, 점장의 인품 덕분일 것이다. 점장은 이 가게를 열기 전에는 도쿄에서 회사를 다녔다고 했다. 정년이 되면 고향으로 돌아와 커피숍을 하려고 예전부터 계획했다고 한다.

가게는 이제 곧 5주년이었다. 그렇다면 점장은 이미 60대 중반은 되었을 것이다. 나이에 비해 젊어 보이는 건 머릿결이 풍성한 탓일까. 피부도 혈색이 좋다. 무라사키 씨를 비롯한 나이 든 여자 손님들이 점장의 말을 들으며 황홀하다는 듯이 볼을 붉히는 모습을 미즈키는 여러 번 보았다.

가게에 근무하기 시작했을 무렵 미즈키는 점장과 잡담하는 김에 '저를 왜 뽑으셨어요?' 하고 물어본 적이 있었다. 고등학교를 졸업한 후 1년 정도 주류점에서 일한 경험을 보고 고용한 걸까 생각했는데 점장은 미즈키의 눈을 보며 바로 대답했다.

"얼굴이 예뻐서."

그 후로 얼마간 손님이 끊어져 가게 안에 둘만 있을 때마다 미즈키는 두근두근거렸다.

그런 긴장감이 사라진 것은 며칠 뒤 모델 같은 꽃미남이 가게에 찾아왔기 때문이다. 점장은 그의 어깨를 끌어안고 자신의 남자친구라고 소개해주었다.

"무카이 씨는 오늘 몇 시라고 했지?"

향긋한 커피를 홀짝이는 미즈키에게 점장이 생각난 듯이 물었다.

"3시입니다."

건너편 가게에 커피 배달을 시작한 것은 미즈키가 이 커피숍에서 일하고 2, 3개월쯤 지났을 무렵이었다.

건너편에 무슨 가게가 있는지, 그때까지 미즈키는 거의 신경도 쓰지 않았다. 이쪽이 문을 여는 아침 9시에도, 문을 닫는 저녁 6시에도 저쪽은 셔터가 내려가 있어서 영업을 하는지조차 알 수 없었다. 들어가보기는커녕 가게의 쇼윈도를 들여다본 적도 없어서 당연히 가게 주인이 누군지도 몰랐다.

그가 처음 손님으로 찾아왔을 때도 낯설다고 생각했을 뿐 별로 개의치 않았다. 계산할 때가 되어서 그가 망설이면서 말을 걸기 전까지는.

"저, 여기 테이크아웃도 되나요?"

"죄송합니다만 하고 있지 않습니다."

미즈키는 퉁명스럽게 대답했다. 상식이 없는 손님이다. 가게의 모습을 보면 뻔히 알 수 있지 않나? 해외 브랜드의 커피 체인점과 다르다는 걸.

"그럼 배달은."

"안 합니다."

딱 잘라 대답하면서 미즈키는 근처에 사는 사람인가 싶어 의외라고 생각했다. 이 동네 사는 사람처럼은 보이지 않았는데, 아니면 집이 아니라 직장이 가까운 걸까.

요즘은 다른 지방에서 이 동네로 이주해 장사하는 사람들이 많아졌다. 시에서 관광자원이기도 한 역사적 건물들을 가게로 활용할 수 있도록 정책적으로 개조, 보수해 적극적으로 가게들을 유치했다고 한다. 그 결과로 잘 자리 잡아 번 창하는 가게가 있는 한편, 경영이 되지 않거나 주변에 어울 리지 못하고 옥신각신하다가 금방 망하는 가게도 적지 않았 다. 미즈키네 주류점은 번화가에서 떨어져 있어 옆에 새로 운 가게가 생기지는 않았지만 상공업 조합이나 손님들을 통 해 여러 가지 소문이 흘러나왔다.

'도시에서 갑자기 와서는 문화제에 가게를 내는 학생 기 분으로 가게를 열어버린다니까.' 미즈키의 아버지는 기막힘 과 감탄스러움이 반반 섞인 어조로 말했다. '요즘 젊은 사람 은 홀가분하지'라고 어머니는 엉뚱한 맞장구를 치고 있었 다. 미즈키도 그런 가게에 몇 번인가 가본 적이 있었다. 손 수 만든 듯 인간미가 있는, 바꾸어 말하면 애매한 가게 안에 서 풋풋한 가게 주인이 열심히 접객을 한다. 나쁜 사람들은 아니었다. 오히려 너무 착한 사람들 같았다. 뭔가 말랑말랑 해서 아슬아슬해 보였다.

"그런가요. 너무 아쉽네요."

그는 머뭇머뭇 고개를 숙이고 빈 컵을 만지작거렸다.

"전 이렇게 맛있게 내릴 수가 없어서……."

도무지 무슨 말을 하는지 알 수가 없었다. 커피를 마시고 싶으면 가게로 오면 되지 않나. 미즈키가 대꾸를 하려는데 입씨름을 보다 못했는지, 아니면 그저 칭찬을 받고 기분이 좋았는지 점장이 카운터 너머로 한마디 거들었다.

"죄송합니다. 보다시피 작은 가게라서요. 일회용기도 없거든요."

"아, 그건 괜찮아요."

그는 안심한 듯이 대답했다.

"저희 가게는 바로 앞이거든요."

손님은 팔을 쭉 들어 올리더니 출입문을—정확히는 유리 너머를—가리켰다.

"오르골 가게였구나."

그가 나간 후 점장은 의아해했다.

"얼마 전까지만 해도 고물상이었는데 어느새 바뀐 거지? 전혀 몰랐네."

미즈키와 마찬가지로 점장도 건너편 가게는 거의 신경을 쓰지 않았던 것 같다. 그건 그렇고 이사도 하고 이것저것 일이 많았을 텐데, 전혀 몰랐다니 점장도 꽤나 태평하다.

3시 정각에 미즈키는 가게에서 사용하는 것과 같은 은빛 쟁반에 커피 잔을 두 개 올리고 커피숍을 나왔다. 우유가 든 도자기 피처와 설탕 그릇도 함께 올려서 은근히 무거웠다.

미즈키는 커피가 컵받침에 쏟아지지 않도록 조심조심 길을 가로질렀다.

날씨는 아침보다도 더 추워졌다. 잿빛 구름이 햇살을 가려 저녁처럼 어슴푸레했다. 조만간 눈이 올지도 모르겠다.

오른팔로 쟁반을 받치고 왼손으로 문고리를 잡아당기자 딸랑, 하고 얌전한 벨 소리가 울렸다. 안쪽 테이블에 남녀 손님이 한 명씩 입구를 등지고 앉아 있었다. 무카이 씨는 그들의 맞은편에 앉아 무엇인가 설명하고 있다가 미즈키를 눈치채고 살짝 눈짓을 했다.

무카이 씨의 목소리는 크지 않은데 잘 들렸다. 가게 안에서 아무 소리도 나지 않아서일까. 오르골 가게라고 하면 항상 음악이 들려올 것 같지만 이곳은 조용했다. 오르골을 감상하는 데 방해가 되지 않도록 일부러 음악을 틀지 않는 거라고 예전에 들었다.

그 외에도 이 가게에는 여러 가지 고집스럽게 지키는 규칙이 있었다. 조명이 약한 것은 너무 밝으면 소리에 집중할 수 없기 때문이고, 오르골 견본을 빽빽하게 진열해놓은 것은 가능한 많은 곡을 들어보길 바라기 때문이라고 했다. 그리고 손님을 접대하면서 커피를 내놓는 것은 가능한 편안하게 해주기 위해서라고 했다.

"그러면 더 잘 들리거든요."

무카이 씨의 말이 이상하게 느껴져서 미즈키는 당황했다.

"잘 들린다고요?"

"네, 주문 제작품을 만들 때는 고객의 마음속에 흐르는 음악을 들어야할 때도 많으니까요."

들을수록 더 이해가 가지 않았다.

"괜찮으시면 만들어보실래요?"

그가 몸을 내밀었다.

"뭐, 기회가 있으면요."

미즈키는 애매하게 말끝을 흐리며 물러갔다. 살 마음이 없는 건 전해졌을 것이다. 그 뒤로 오르골을 팔려는 기색은 없었다. 마음속의 음악인가에 대해서도 자세히 물어본 적은 없다. 동업자들끼리 쓰는 은어일까, 아니면 전문용어? 괜히 물어보았다가 긁어 부스럼이 되어도 곤란하니 그냥 묻어두기로 했다. 미즈키가 테이블 옆에 서자 두 손님이 눈만 이쪽으로 돌렸다.

가볍게 인사하고 먼저 여자 쪽에 커피를 내밀었다. 점장이 고른 컵은 같은 모양이었지만 하나는 분홍색, 다른 한쪽에는 하늘색 작은 꽃이 매끈한 백자 위에 흩어져 있었다. 분홍색 쪽을 컵받침째 쟁반에서 들어 올려 테이블 위로 옮기고 설탕과 우유도 그 옆에 놓았다.

꾸벅 고개를 숙인 여성은 미즈키 또래 같았다. 학생일까, 직장인일까. 새하얗고 부드러운 둥근 얼굴에 붉은색 반팔 니트가 잘 어울렸다.

"설명은 여기까지입니다."

무카이 씨가 똑부러지게 말했다. 평소에는 소심한 말투인 데다 커피숍에서도 어딘가 무료해 보였는데, 자기 가게에서 오르골 이야기를 할 때만은 몹시 당당했다.

"역시, 주문 제작이라는 게 궁금하네."

"그러게. 그럴 수가 있다니……."

손님 두 사람은 작은 목소리로 대화를 주고받았다. 미즈키는 남자 쪽으로 돌아가서 커피를 내려놓았다.

"가능합니다."

무카이 씨가 자신 있게 말했다

"그럼 모처럼이니까 부탁드려볼까?"

그렇게 대답한 남성의 옆얼굴에 별생각 없이 눈길을 주었다가, 미즈키는 비워진 쟁반을 쓸어내리기 시작했다. '유야'라고 목소리가 새어 나올 것 같은 심정을 어떻게든 참아냈다.

유야와는 고등학교 2학년 때부터 사귀기 시작했고, 그로부터 2년 반을 함께 보내다 재작년 크리스마스 때 헤어졌다.

마지막 반년 남짓한 기간 동안은 함께라고 말할 수 없을지도 모른다. 유야는 시외의 대학에 진학했고, 미즈키는 주류점에서 본격적으로 일을 하면서 서로 만날 시간이 상당히 줄어들었기 때문이다.

줄어든 것은 만나는 시간만이 아니었다. 얼굴을 마주해도 공통된 화제를 찾기가 어려웠다. 고교 시절 같은 교실에서 지내다가 갑자기 서로의 환경이 확 바뀌었으니 무리도 아니었다. 게다가 각자 택한 새로운 진로는 상대에게 미지의 길이었다. 유야에게 아무리 열정적인 설명을 들어도 대학이 어떤 곳인지 미즈키는 상상하기 어려웠다. 솔직히 말하면 별로 관심도 없었다.

거기에 녹아들려고 몸부림치는 연인에게 공감도 가지 않았다. 아마 그도 나름대로 비슷한 기분을 느꼈을 것이다.

흔한 일이었다.

그러면서 유야는 대학에 대해서, 미즈키는 일에 대해서 서로 거의 이야기하지 않게 되었다. 과거의 추억에 대한 이야기나 아니면 현재를 일단 건너뛰고 미래에 대해서 얘기했다.

"유야는 졸업하면 어떡할 거야?"

"글쎄, 취직이나 할까?"

유야의 대답에 미즈키는 안심했다. 앞으로 몇 년만 지나면 우리는 다시 같이 있을 수 있을 것이다. 직장은 다르다 해도 같은 사회인으로 일하다 보면 다시 호흡이 딱 맞는 두 사람으로 돌아갈 수 있을 것이다. 지금 조금만 참으면 다시 같은 길에 합류할 수 있다.

여름방학이 되면서 유야를 더 자주 만날 수 있게 되었다. 미즈키가 쉬는 날에 맞추어 둘이서 쇼핑을 나가거나 유야의 오토바이를 타고 바다까지 드라이브를 가거나 동네 근처를 어슬렁거리기도 했다. 유야는 방학 동안에도 축구니, 풋살이니 하는 동아리 활동을 하러 자주 대학에 갔다. 동아리에는 상급생이 많은 것 같았고, 선배로부터 이것저것 배울 수 있어 도움이 된다고 유야는 자랑스럽게 말했다.

거기서 영향을 받았을 터다.

"취직은 역시 도쿄가 좋을 것 같아."

여름이 끝날 무렵 유야가 말을 꺼냈다.

"도쿄에서?"

미즈키는 깜짝 놀랐다. 이야기가 다르다.

"회사 수가 월등히 다르잖아. 할 수 있는 일이 많을 거야."

"유야, 하고 싶은 일이 있어?"

미즈키는 생각보다 말이 먼저 나갔다.

"그건 앞으로 생각하려고."

유야는 겸연쩍은 듯 얼굴을 찡그리더니 내친김에 덧붙여 말했다.

"미즈키도 올래?"

"내가? 왜?"

"그렇게 싫어하지 마, 그냥 해본 소리야. 뭐, 미즈키는 고향을 사랑하니까."

유야는 짐짓 익살을 떨며 어깨를 으쓱해 보였다.

그 말에 뭐라고 대답했는지 미즈키는 기억나지 않았다. 마음속의 초조함을 억누르는 데 급급했으니까.

확실히 미즈키는 고향을 좋아했다. 가족도 친구도 있고, 익숙한 경치는 안심이 되었다. 곁에서 보기엔 좋아하는 자기 집 주류점에서 마스코트 점원 아가씨로 한가롭게 일하는 것처럼 보일지도 모른다.

그렇지만 미즈키도 가끔은 '이대로 괜찮은 걸까' 불안해질 때가 있었다. 자신이 하고 싶은 일은 무엇일까 고민할 때도 있었다. 어떤 고난도 없이 만족스럽게 살고 있다는 소리는 듣고 싶지 않았다. 하물며 이렇게 좁은 마을밖에 모르다니 불쌍하다고 측은하게 보일 이유는 더더욱 없었다.

그 후로 '고향을 사랑한다'는 말이 시시때때로 미즈키의 뇌리를 스치고 지나갔다. 유야와 만나는 동안만이 아니라 가게에서 일하고 있을 때조차 그랬다.

일을 하고 있으면 얼굴을 아는 손님이 끊임없이 왔다. '대단하네' '일하고 있어'라고 중학교나 고등학교 동급생에게는 칭찬을 받았다. 혹은 '안정된 직장이 있어서 좋겠다'며 천진난만하게 부러움을 사기도 했다. '미즈키가 있어 든든하다'며 단골손님들은 모두 흐뭇한 눈으로 웃었다. 효녀가 있으니 앞으로도 편하겠다고 놀림을 받은 아버지는 쑥스러워하면서도 은근히 기분이 좋아 보였다.

아무도 악의는 없었다. 일부러 괴롭히려는 것도 아니었다. 하지만 미즈키는 지금의 자신을 칭찬할수록 답답해 견딜 수가 없었다.

가을이 되어 대학이 시작되면서 유야와 만날 기회는 다시 적어졌다. 오랜만에 만난 크리스마스이브에 헤어지자고 먼저 말을 꺼낸 것은 미즈키였지만 유야도 미즈키를 잡지 않았다.

미즈키가 혼자서 운하 주변을 헤집고 다니는데 어디선가 좋은 향이 났다. 커피 향기였다. 비틀거리며 다가간 커피숍

문에는 아르바이트 모집 벽보가 붙어 있었다.

"저기, 괜찮으세요?"

무카이 씨의 걱정스러운 목소리에 미즈키는 정신을 차렸다.

동그란 쟁반을 가슴에 안고 테이블에 앉은 세 사람을 멍하니 보았다. 모두 당황한 듯 고개를 갸웃거리며 미즈키를 올려다보고 있었다. 무카이 씨도, 여성 손님도 그리고 남성 손님도.

자세히 보면 그는 그다지 유야를 닮지 않았다.

커피숍으로 돌아오자 오전보다 더 바빴다. 5시가 넘을 무렵에야 겨우 손님이 끊겼다.

"오늘은 슬슬 닫을까? 지금 새로운 손님이 들어와서 오래 머물러도 곤란하니까."

점장이 말했다. 기분 탓인지 안절부절못하는 것 같았다. 오늘 밤엔 약속이 있으시겠지.

점장이 요즘 만나는 연인은 미즈키가 처음에 봤던 꽃미남은 아니고, 골격이 늠름한 덩치 큰 남자였다. 점장의 취향에는 그다지 일관성이 느껴지지 않았다. 그 후로도 두세 명 가게를 찾아온 애인들을 소개받았는데, 양복을 제대로 차려입은 직장인도 있었고, 장발에 선글라스를 낀 뮤지션도 있었다.

"아주 로맨티스트세요."

놀림을 섞어 탄식하는 미즈키에게 점장도 한 방 먹였다.

"미즈키도 힘내요, 젊으니까."

유야와 헤어진 후 미즈키는 특정한 상대와 사귀지 않았다. 직접 털어놓지는 않았지만 눈치가 빠른 점장은 분명 눈치챘을 것이다.

가끔 데이트 신청을 받긴 했다. 커피숍 손님이 연락처가 적힌 메모를 몰래 건네거나 동네에서 옛날 친구와 우연히 마주쳤을 때 술 한잔하지 않겠냐는 말도 들었다. 자랑은 아니지만 미즈키는 남자들 사이에서 아주 인기가 없는 것도 아니었다. 중, 고교 동창회도 정기적으로 열리고 있으니 얼굴을 내밀면 휴일을 함께 보낼 상대쯤은 찾을 수 있을 것이다.

하지만 왜인지 의욕이 나지 않았다.

유야를 못 잊은 건 아니었다. 그런 놈에게는 미련도 없었다. 다만, 또 같은 일을 반복하는 것은 공허했다. 어차피 고향을 떠날 사람과 친해져도 허무할 뿐이지 않을까. 그렇다고 평생 여기서 살겠다는 상대를 찾아서 서로의 고향 사랑을 확인해볼 마음도 생기지 않았다.

"좋아, 간판 들여놓을까?"

"아, 제가 할게요."

카운터에서 나오려는 점장을 말리고, 미즈키는 입구로 다가갔다.

"맞아, 컵도 가져와야지."

미즈키가 문 너머로 밖을 내다보았다. 건너편 가게도 아직 셔터를 내리지 않고 있었다.

"혹시 데이트 신청할지 알아? 밥이라도 먹자든가."

점장이 농담조로 말했다. 미즈키는 획획 고개를 저었다.

"세상에 그럴 리가요."

그동안 무카이 씨와 간단한 대화 정도는 나누는 사이가 되었다. 주문 제작 오르골을 찾는 손님은 많지 않은 듯 배달 주문은 한 달에 몇 번밖에 없었지만 본인도 가끔 커피를 마시러 왔다. 하지만 개인적으로 만난 적은 없었다. 연락처도, 본명조차 모르는 사람이다.

"그럼 먼저 권해보면 어때?"

"싫어요, 싫어요."

"싫어? 하지만 미즈키, 그 사람이 오면 거동이 수상해지는데."

재미없다는 듯 점장이 입을 삐죽거렸다.

"왜냐하면 항상 뜬금없이 오잖아요."

"그건 다른 손님들도 마찬가지잖아. 여기가 예약하고 오는 가게도 아닌데. 우물쭈물하다가 훌쩍 떠나버리면 어쩌려고 그래?"

잡담을 나누면서 미즈키는 가끔 그의 경력에 대해서도 물어보았다. 그가 여기에 가게를 연 것은 미즈키가 이 커피숍에서 일하기 1년 정도 전인 것 같았다. 다른 지역에서 옮겨왔다고 하면서 원래 있던 지역이 어딘지도 가르쳐주었지만 미즈키는 모르는 곳이었다. 그 전에 살던 곳에서 처음 가게를 연 것이 아니라 지금까지 여러 지방을 전전했다고 했다.

벌이가 그리 좋지 못할지도 모른다고 옆에서 이야기를 듣던 점장은 나중에 그를 안쓰러워했다. 오르골 가게는 커피숍과 다르니 다시 오는 손님도 많지 않을 테지.

그렇지 않아도 무카이 씨는 은연중에 어느 날 훌쩍 어디론가 떠나버릴 것 같은 분위기를 풍겼다. 본인이 그렇게 말한 적은 없지만 미즈키는 알 수 있었다. 아마 여기에 계속 머물 사람은 아닐 것이다.

"잠깐 다녀올게요."

조금 전에도 사용했던 쟁반을 안고 미즈키는 밖으로 나갔다. 추워서 자연스럽게 걸음이 빨라졌다. 뛰어드는 기세로 미즈키는 오르골 가게의 문을 열었다.

무카이 씨는 두 시간 전과 같은 장소, 가게 안쪽의 테이블 너머에 턱을 괴고 앉아 있었다.

"수고 많으십니다."

시원찮은 인사라고 생각하면서도, 언제나 미즈키는 이렇게 말해버린다. 손님이 없어진 가게에서 그는 축 늘어진 것처럼 보였다. 평소 말수가 적은 편이니 그렇게 열심히 말을 계속하면 지칠 수밖에 없겠지.

"아, 네에."

무카이 씨가 가볍게 고개를 숙였다.

오늘은 유난히 기운이 없어 보였다. 커피 잔과 설탕 그릇도 미즈키가 놓아둔 그대로 방치되어 있었다. 대개 가져가기 쉽게 정리해서 테이블 가장자리에 두는데.

미즈키는 '크리스마스 때문일까' 하고 언뜻 생각했다. 다들 행복해 보인다고 점장은 말했지만, 그렇지 않은 사람도 세상에는 있다. 데이트 신청을 받을지도 모른다는 점장의 목소리도 같이 되살아나 마음속으로 얼른 부정했다.

탁자 옆까지 다가가자, 또 한 가지 신기한 일이 있었다. 두 커피 잔의 내용물이 모두 거의 남아 있었다.

"죄송합니다."

미즈키의 시선을 따라간 무카이 씨가 미안하다는 듯이 사과를 했다. 미즈키는 서둘러 고개를 저었다. 저 사람 탓이 아니다.

"손님들 입맛에 맞지 않으셨나 봐요?"

"아니요, 그런 건 아니고……."

그는 말을 더듬으며 서글픈 듯 말을 이었다.

"드실 시간이 없었어요."

그들은 오르골을 주문하지 않고 바로 가게를 떠난 것 같았다.

"사권 지 1주년 기념으로 오르골을 만들고 싶다고 하시더라고요."

무카이 씨가 쓸쓸한 어조로 말했다.

"남자분은 취미로 밴드도 하고 직접 작곡도 하신대요. 그 곡 중에서 마음에 드는 작품으로 만들고 싶다고 했어요. 하지만 내가 마음속에 흐르는 음악으로도 만들어드릴 수 있다고 설명하자 흥미로워하셨는데."

예전부터의 갖고 있던 궁금증을 마침내 미즈키는 물어보았다.

"그 마음속에 흐르는 음악이라는 것은……."

"고객님 마음속에 흐르는 곡입니다."

무카이 씨가 말했다.

질문이 애매했던 것 같다. 하지만 그 어느 때보다 말이 많아진 그에게 자꾸 찬물을 끼얹기도 어려웠다. 마음속에 강하게 남아 있는 곡이란 뜻일 거라고 당장은 그렇게 해석하기로 하고 미즈키는 이야기에 귀를 기울였다.

"그래서 여성분의 마음속에 흐르는 곡으로 만들었는데."

보통 주문 제작 오르골은 완성 단계에서 곡을 들어본다고 한다. 그리고 불만이 있으면 다시 수정을 한다고 했다. 그런데 그들은 당장 내일, 크리스마스 당일에 이 오르골을 받고 싶어했다고 한다.

"바로 작업을 시작하면 맞출 수 있을 것 같아서요. 다만 만약 내일 멜로디를 고치고 싶다고 하시면 매우 곤란하니 혹시나 해서 미리 멜로디를 확인하기로 했어요."

무카이 씨가 테이블 한쪽 구석에 놓여 있는 작은 키보드를 가리켰다.

"제가 들은 대로 쳐 보였더니 남자분이 멍하니 있더군요."

"네?"

"그의 자작곡이 아니었던 겁니다. 자작곡은커녕 전혀 다른 장르의, 그것도 싫어하는 곡이었대요."

그녀도 멍하니 눈을 부릅뜨고 있었다고 한다. 정신을 차린 남자가 따지자, 여성은 다른 남성과의 추억의 곡이라고 자백했다. 오르골을 만들 상황이 아니게 되어버린 두 사람은 그대로 가게를 나갔다.

"나쁜 짓을 했어요. 화해를 하면 좋겠는데요."

무카이 씨는 고개를 푹 떨구고 풀이 죽어 있었다.

"괜찮아요."

그가 어떻게 낯선 여성 손님의 추억의 곡을 연주했는지는 차치하고 미즈키는 일단 그를 위로했다.

"1년 정도 사귀면 가끔 싸우게 돼요. 그리고 그 여자는 그 남자를 무척 좋아하는 것 같았으니까 괜찮을 거예요."

서로 사랑하는 눈빛을 미즈키는 가까이서 보았다. 우연히 옛 애인과 들었던 노래가 인상에 강하게 남았을 뿐, 지금 그녀의 마음은 똑바로 그를 향하고 있는 게 분명했다.

"하긴 그녀도 열심히 변명을 했어요. 설명을 들어달라고. 지금까지 말하지 못한 일이 있었다고 일단 설명을 들어달라고요."

"그렇죠? 그럼 걱정할 것 없어요. 오히려 좋은 계기가 되었을 거예요."

"그래도 잘되었을지 모르겠어요. 남자분은 많이 당황한 것 같았고."

무카이 씨는 여전히 고개를 숙이고 있었다. 어떻게든 기운을 북돋워줄 수 없을까 궁리하던 미즈키는 번뜩 좋은 생각이 났다.

"잠깐만요."

미즈키는 대답을 듣지 않고 커피숍으로 뛰어갔다. 커피를 한 잔 더 달라고 하자 퇴근하려던 점장이 놀라 눈을 동그랗게 떴다.

미즈키가 건네준 진한 녹색 머그잔에 무카이 씨가 후후 입김을 불었다.

"맛있네요."

한 입 후루룩 마시더니 조곤조곤 말했다.

"아, 죄송합니다. 먼저 마셔서."

"아니에요. 괜찮아요."

고개를 흔든 미즈키를 향해 그가 머그잔을 든 손을 내밀었다.

"그럼, 건배."

달칵, 희미한 소리가 났다. 미즈키의 머그잔은 선명한 빨간색이었다.

한 잔이라고 말했는데 점장은 두 사람분의 커피를 내려주었다. '내 크리스마스 선물이니까 부담 갖지 마. 천천히 이야기하다 오고. 가게 문단속만 잘 부탁해.' 점장은 막무가내로 밀어붙이면서 잘 다녀오라고 유쾌하게 손을 흔들었다.

색이 다른 머그잔을 양손에 들고 돌아온 미즈키를 보고 무카이 씨는 웬일로 테이블 쪽으로 나왔다. 아까 그 손님들이 앉았던 의자에 두 사람은 나란히 앉았다.

"이렇게 큰 컵으로 마시는 거 처음이에요."

실은 그것도 점장의 배려였다. 다 마실 때까지 시간이 꽤 걸릴 거라며 점장은 자랑스럽게 웃었다.

시간이 오래 걸리면 그동안 도대체 무슨 말을 하면 좋을까.

"가끔 그런 문제가 생겨요."

무카이 씨가 입을 열었다.

"사실은 원하는 곡목을 받는 편이 좋을지도 모르죠. 실제로 그렇게 해달라는 손님도 있고요. 그래도 모처럼 우리 가게에 오셨으니 여기서만 할 수 있는 걸 추천하고 싶거든요."

"저, 잘 이해가 안 가는데요."

미즈키는 조심스럽게 말참견을 했다.

"좋아하는 곡이랑 마음속에 흐르는 곡이 다른가요?"

"물론 같은 경우도 있어요. 하지만 제 경험상 다른 경우가 더 많은 것 같아요."

무카이 씨가 생각에 잠긴 듯 고개를 갸웃하며 말을 아꼈다.

"기억도 그렇잖아요? 기쁜 기억만 강하게 남는 것이 아니라 슬픈 사건을 계속 잊지 못할 때도 있어요. 본인이 기억하고 싶은지 아닌지는 차치하고 말이죠."

"그렇군요."

그건 미즈키도 조금 이해가 갔다. 하지만.

"그게 들려요?"

무카이 씨는 멋쩍은 듯 작게 웃었다.

"거짓말 같죠? 하지만 정말이에요. 저는 태어날 때부터 귀가 좋아서요."

무카이 씨가 머그잔을 테이블에 내려놓고 귓가에 손을 댔다. 긴 머리를 귀에 걸치니 거기에 투명한 무언가가 걸려 있었다.

양쪽 귀에 하나씩 똑같은 기구가 달려 있었다. 그는 익숙한 손놀림으로 그것을 풀어 머그컵 옆에 가지런히 놓았다. 투명한 것은 처음 보지만 그 모습은 미즈키도 본 기억이 있었다. 커피숍에 오는 나이 지긋한 손님들이 가끔 귀에 끼는 그것이었다.

그러나 방금, 무카이 씨는 스스로 귀가 좋다고 했다.

"생긴 건 보청기 같지만 기능은 달라요. 음의 크기를 조절한다는 점에서는 같지만."

미즈키가 왜 당황하는지 알겠다는 듯 그가 설명했다.

"그냥 저 같은 경우는 좀 특이해서. 잘 들리지 않는 게 아니라 너무 잘 들리는 겁니다."

아무것도 켜지 않아도 무카이 씨의 귀에는 음악이 들린다고 한다. 곁에 있는 사람의 마음속에 흐르는 음악이.

"옆 사람이라고는 하지만 들리는 범위는 날마다 제각각 달라요. 가게 안에서 들릴 때도 있지만 더 멀리서도 들리기도 하고요."

미즈키는 순간 어떻게 대답하면 좋을지 알 수가 없었다. 그런 이야기는 들어본 적도 없었다. 그렇다고 그가 미즈키를 놀리는 것 같지는 않았다. 그렇다고 아무렇게나 말하는 것 같지도 않았다. 그는 진지한 눈으로 미즈키의 얼굴을 쳐다보고 있었다.

"한두 명이면 괜찮지만 여럿이 되면 정말 시끄러워요. 거리에 나가거나 지하철을 탈 때는 긴장하게 됩니다. 이걸 켰다는 걸 알면서도 자꾸 만져서 확인하게 돼요."

무카이 씨가 테이블에 올려놓은 기구를 손끝으로 만졌다.

"저기, 그건 초능력 같은 건가요?"

미즈키가 간신히 물어보았다.

"아니요, 청력의 문제인 것 같아요."

역시 잘 모르겠다. 하지만 실제로 무카이 씨는, 아까 그 여성의 마음속의 음악인가 뭔가 하는 것을 들어낸 것이다. 지금까지도 같은 방법으로 장사를 계속해왔으니 무언가 능력이 있는 것이겠지. 손님은 둘째치고, 미즈키 자신을 속여봐야 아무 이득도 없을 테니까.

"소리의 크기도 그렇지만 여러 가지 곡들이 뒤죽박죽 섞여 들리는 게 괴로워요."

무카이 씨가 부르르 진저리를 치며 벽가의 선반을 바라보았다.

"예를 들면 여기 있는 오르골이 일제히 울리는 것과 비슷해요."

미즈키도 덩달아 가게 안을 둘러보았다. 상상해본다. 정적에 싸인 이 가게에서 선반에 빽빽이 꽂힌 오르골이 전부 제각각 울리기 시작한다면.

"그건 확실히 시끄럽겠네요."

무카이 씨가 미즈키 쪽으로 고개를 돌리며 깊은 한숨을 내쉬었다.

"아아, 다행이다."

"네?"

"안 믿으실 수도 있다고 생각했어요."

"손님들한테도 이렇게 설명하세요?"

그야말로 무슨 사기 아닌가 의심받을 만한 이야기라서 미즈키는 그에게 물어보았다.

"아니요, 다 된 오르골을 건네줄 뿐이에요."

"어떻게 알았냐고 묻지 않아요?"

"의외로 묻지 않아요. 혹시 물어보면 귀가 좋다고 대답하면 되고요."

무카이 씨는 담백하게 말했다.

"그 사람의 개인적인 감정이 담긴 곡이잖아요?"

"아니, 감정이 담겼는지 아닌지는 경우에 따라 다릅니다."

"경우에 따라 달라요?"

"음악과 감정이 반드시 딱 맞춰지진 않아요. 인생의 중요한 순간에 우연히 들은 곡이 의외로 마음속에 오래 남기도 합니다."

생각을 정리해서 무카이 씨가 말을 이었다.

"그런데 음악이란 게 그런 것 같아요, 인상적인 추억의 장면에서 흘러나온 음악이라면, 반대로 그 음악이 추억을 불러일으킬 수도 있어요."

그 말을 듣고 보니 음악에 관심이 없는 미즈키도 과거의 유행가를 듣는 순간 당시의 일이 문득 되살아나는 경우가 있었다.

"업계에서는 추억의 반주라고 말하기도 합니다."

"좋은 일을 하시네요."

미즈키는 말했다. 뜻밖에 진심이 가득 담긴 말투가 나왔다.

방심하다간 음의 홍수에 휩쓸려버린다니 힘들겠지만, 특별한 능력과 전문적인 기술을 활용해 세상에 단 하나뿐인 물건을 만들어낸다니 보람이 있을 것 같다. 무카이 씨는 실력에―귀에?―자신이 있기에 철새처럼 자유롭게 낯선 거리에서 거리로 날아갈 수 있는 것인지도 모른다. 그 나긋나긋한 날개로 바람을 타고 시원하게 날아갈 수 있는 용기가 미즈키는 부러웠다.

무카이 씨는 아무 대답도 하지 않고 투명한 기구를 테이블에서 들어 올렸다. 오른쪽, 왼쪽 순서로 끼우더니 마지막으로 천천히 머리를 흔들자 머리카락이 귀밑을 스르르 덮어 보이지 않게 되었다.

군더더기 없는 그의 움직임을 바라보는 동안, 문득 미즈키의 머릿속에 의문이 떠올랐다. 기구를 끼지 않는 동안에는 그의 귀에는 다른 사람의 음악이 들린다면, 그렇다면 바로 방금 전까지 내 음악도 들렸을까?

어떤 곡이있는지 질문하려다 미즈키는 마음을 고쳐먹었다. 어차피 별거 아닐 것이다. 유야가 좋아했던 록밴드의 곡이라면 웃음이 나오지 않겠지. 미즈키 자신은 전혀 음악을 좋아하지 않는다. 날이면 날마다 점장이 틀어놓는 재즈를 실컷 들으니 흥미가 좀 생길 법도 한데 전혀 그렇지 않았다.

"전에 엄마랑 세 살 정도 된 남자아이에게 마실 것을 내준 거 기억나요?"

머그잔을 들며 무카이 씨가 말했다.

"아, 아이에게는 주스를 냈었죠."

무카이 씨가 커피 이외의 음료를 주문할 때가 거의 없어서 인상에 남아 있었다. 그것은 배달을 시작한 지 얼마 되지 않았을 때였다.

"그 아이는 엄마의 자장가였습니다. 또, 밴드를 하는 학생들도 왔었어요, 그땐 재미있었어요. 각자 맡은 악기 소리가 울려서요."

때로는 한 손님에게서 여러 음악이 들릴 때도 있다고 했다. 피아노를 배우는 초등학생에게서는 연습한 곡이 여러 개 들렸다. 왠지 모르지만 클래식 음악과 차분한 엔카가 번

갈아 흐르던 남자 손님도 있었다고 한다.

"다양한 경우가 있네요."

"네, 다양하죠."

무카이 씨가 커피를 쭉 들이켰다. 미그컵을 두 손으로 감싸고 미즈키의 정면에 놓았다.

"잘 먹었습니다."

무심코 손목시계에 눈을 돌렸다가 미즈키는 숨을 삼켰다. 벌써 7시가 다 되어가고 있었다. 너무 오래 머물러버렸다.

"오랫동안 방해해서 죄송합니다."

부랴부랴 일어나 커피숍에서 가져온 물건을 그러모아 쟁반 위에 얹었다.

"아, 기다리세요. 계산할게요."

"됐어요, 됐어요. 항상 이용해주시잖아요."

게다가 이건 어차피 점장이 사는 거였다.

"안 되는데."

곤란한 듯이 미즈키를 지켜보던 무카이 씨가, '맞다'라고 중얼거리며 고개를 들었다. 선반에서 오르골을 하나 꺼내더니 쟁반 모서리에 툭 올려놓았다.

"이거 괜찮으시면."

"아니에요."

이번에는 미즈키가 사양할 차례였다. 그는 정색을 하고 대답했다.

"꼭 받아주시면 고맙겠습니다."

"감사합니다."

미즈키는 고개를 푹 숙이고 양손으로 쟁반을 들었다. 무카이 씨가 먼저 일어서 입구의 문을 열어주었다.

"조심히 가세요."

그렇게 말하면서 그는 하늘을 올려다보았다.

"아, 눈이다."

미즈키도 머리 위를 보았다. 어두운 하늘에서 하얀 눈이 나풀나풀 떨어지고 있었다.

미즈키는 커피숍으로 돌아오자마자 오르골을 들어보았다.

투명한 상자를 뒤집어 바닥의 태엽을 감아 카운터 위에 다시 놓았다. 고즈넉한 가게 안으로 높고 애처로운 멜로디가 흘러나온다.

무슨 노래인지 알자마자 힘이 빠졌다.

익히 알고 있는 멜로디였다. 최근 한 달 정도 거의 매일 반복해서 듣고 있으니 당연했다. 듣기 싫어도 들을 수밖에 없었다.

"이게 뭐야?"

텅 빈 가게 안에 미즈키의 얼빠진 목소리가 울렸다.

흔한 크리스마스캐럴이었다. 아이들도 잘 아는 유명하고 평범한 캐럴송은 점장이 오늘 틀었던 음반에도 들어가 있었다.

카운터 안쪽으로 돌아 들어가 싱크대의 수도꼭지를 틀자 물소리에 오르골 소리가 지워졌다.

더러워진 식기를 차례차례 씻었다. 세차게 흐르는 물에 손을 담그고 있으니 머리도 차갑게 식었다. 바보 같다고 생각했다. 실망하다니 바보 같다.

나만을 위한 특별한 음악이 흐를 거라고, 왜 기대했을까. 그 가게에서 가장 인상적인 곡으로 오르골을 만들었다는 손님들의 이야기를 듣고 착각하고 말았다. 애초에 무카이 씨도 이것이 그런 오르골이라고는 한마디도 하지 않았다. 크리스마스라서 자연스럽게 캐럴을 골라주었을 뿐인지도 모른다.

어쩌면 나에게서 어떤 음악도 들리지 않았던 건지도 모른다. 스스로도 딱히 짚이는 곡이 없었으니 그럴 수 있다. 아무리 귀가 좋은 무카이 씨라도 들리지 않는 소리를 들을 수는 없을 것이다.

손이 미끄러지면서 거품으로 범벅이 된 붉은 머그컵이 싱크대 안에서 데굴데굴 굴러갔다. 귀에 거슬리는 불협화음에도 아랑곳없이 밝은 멜로디는 아직도 끈질기게 머릿속을 맴돌았다. 오르골은 벌써 오래전에 멈췄는데.

지긋지긋해져서 머그컵을 집어 들고 점검해보았다. 다행히 깨지지 않았다. 다시 헹구어 바구니에 엎어놓다가 문득 또 다른 가능성에 생각이 미쳤다.

내 마음속에 정말로 이 곡이 흐르고 있는 게 아닐까.

요즘 가게에서는 항상 크리스마스캐럴만 흘러나왔다. 질리도록 듣던 음악이 어느덧 귓가에 쟁쟁하게 들러붙을 만하다.

그래, 그런 거였구나. 홀가분하면서도 맥이 빠져서 미즈키는 초록색 머그잔을 집어 들었다. 무심코 고개를 들었더니 카운터 위에는 투명한 상자가 놓아둔 그대로 있었다.

깜짝 놀랐다.

그걸 전해주던 무카이 씨의 얼굴이 눈에 선했다. 동시에 그의 말도 생각났다. 인생의 중요한 장면에서 우연히 흘러나오던 곡이 마음에 남기도 한다. 음악은 소중한 추억을 불러일으킨다.

무카이 씨는 오르골을 선물한 장본인이다. 방금 전까지

아무렇지 않게 같이 수다도 떨었다. 이 선율을 들으며 그를 떠올리는 건 이상하지 않다.

하지만 어쩌면 이 음악은 훨씬 전부터 내 마음속에 흐르고 있던 게 아닐까.

카운터 너머로 사람이 없는 가게 안을 바라본다. 몇 번이나 몇 번이나 반복되는 크리스마스캐럴을 들으며, 여기서 바쁘게 일하면서, 나는 틈날 때마다 무카이 씨를 생각하고 있었다. 계속, 계속 질리지도 않고.

설거지를 멈추고 미즈키는 가게에서 뛰쳐나왔다.

정신없이 앞길로 뛰쳐나와 좌우를 둘러보았다. 잠깐 사이에 눈이 무척 세차게 내리고 있었다. 희끄무레한 시야 끝에 운하 쪽으로 걸어가는 뒷모습을 발견했다.

"잠깐만요!"

미즈키는 소리쳤다. 내리는 눈 속에서 무카이 씨가 천천히 돌아보았다.

먼저 가세요

거실 문을 열자 어두컴컴한 가운데 빨간 불이 깜빡이고 있었다.

야스노리는 두 손에 든 짐을 내려놓고 자동 응답기의 재생 버튼을 눌렀다. 기계음이 불길하게 울렸다.

[메시지가, 두 건, 있습니다.]

뚝뚝 끊기는 전자음이 매정하게 말했다. 괜찮다고 스스로에게 타일렀다. 만약 급한 용건이라면 휴대전화로 걸었을 것이다. '조작이 간단해 나이 많은 고객님들께 인기 있는 기종입니다'라고 권유하는 대로 계약한 장난감 같은 기계로 말이다.

[첫 번째 메시지, 오늘 오후, 1시 40분입니다.]

"뷰티 살롱 마키노입니다."

중년 여자의 쉰 목소리가 흘러나왔다. 뷰티 살롱이라는 생소한 단어를 머릿속에서 복창하며 마키노라고 계속 중얼거리는 사이 동네에 있는 오래된 미용실이 떠올랐다.

"오늘 아침 10시 예약에 오지 않으셔서 연락 드렸습니다. 예약할 때 실수가 있었을 수도 있으니까요. 괜찮으시면 전화 부탁드립니다."

[두 번째 메시지, 오늘 오후, 3시 8분입니다.]

"하츠코예요. 조금 전에 돌아와서 사유리에게 이야기 들었어요."

당황한 기색이 역력한 처형의 목소리를 듣고, 야스노리는 가쁜 숨을 천천히 내쉬었다.

방이 너무 어두웠다. 뒤늦게 눈치를 채고 불을 켰다. 하얀 빛이 어지러운 실내를 밝혔다. 식탁 위에는 우편물이 쌓여 있고 쓰레기통에는 도시락이나 반찬거리가 가득했다. 식탁으로 가는 통로에 있는 거실 소파는 벗어 던진 상의와 편의점 봉지 등에 점령되어 앉을 자리도 없었다.

"생명에는 지장이 없다는 게 정말이지요? 지금은 어때요? 제부는 괜찮아요?"

처형은 평소의 빠른 말투를 더욱 공격적으로 구사하며 일방적인 질문을 거듭했다.

"일단 다음 주 초에 들르겠어요. 10일 월요일에, 가능하면 오후 1시쯤 가도록 할게요."

전화기 바로 위 벽에 걸린 달력에 눈길을 주면서 야스노리는 고개를 갸웃했다.

10일은 월요일이 아니라 금요일이었다. 날짜와 요일 둘 중 하나를 착각한 것 같았다. 처형답지 않게 그만큼 당황했다는 얘기일까.

"다시 전화드릴게요."

삐, 하고 다시 전자음이 울리더니 방 안에 정적이 감돌았다.

아니, 아니야. 다시 생각한 끝에 야스노리는 달력에 손을 뻗었다. 착각하고 있는 것은—아마, 그리고 더 당황한 것도—이쪽이다.

달력을 한 장 넘기자 11월이 나타났다. 자잘하게 일정이 적혀 있던 10월의 달력과 달리 11월 달력은 거의 공백에 가까웠다. 7일에 '마키노(10시)'라고 쓰여 있을 뿐이었다. 10월 달력을 찢어버리고, 11월 10일의 빈칸에 '처형'이라고 써 넣었다.

그리고 한 군데 더 일정이 적힌 날을 찾아냈다. 25일, 화요일에 동그랗게 표시가 되어 있었다.

왜 표시했을까? 다시 고개를 갸웃거리는데 요란하게 전화가 울리기 시작했다. 야스노리는 황급히 수화기를 들었다.

"여보세요, 제부? 낮에도 전화했었는데."

처형이 다급하게 말하기 시작했다.

11월 10일 처형은 약속대로 1시가 조금 넘었을 때 나타났다. 벽도 바닥도 커튼도 하얗고, 희미하게 소독약 냄새가 감도는 병실에 처형은 선명한 파란 투피스 차림으로 씩씩하게 뛰어 들어왔다.

마침 점심 식사가 끝난 참이었다. 기누코는 침대 위에 베개를 세워 등을 기댄 채 앉아 있었고, 야스노리는 옆 보조 의자에 앉아 있었다.

"얘, 기누코. 좀 괜찮니?"

처형은 성큼성큼 머리맡까지 다가가 여동생의 얼굴에 얼굴을 맞대고 물끄러미 바라보았다.

"왜 빨리 말하지 않았어."

기누코가 입원한 것은 2주 전 처형이 유럽 여행을 떠난 직후였다.

야스노리와 기누코는 그녀의 아이들, 그러니까 조카들에게 일단 연락을 했다. 기누코의 병세가 안정되기도 해서, 의논 끝에 처형에게는 귀국 후에 전하기로 했다. 기누코도 그러는 게 좋겠다고 했다.

"여행지에서 이런 소식을 들으면 언니는 안절부절못했을 거야."

쓴웃음을 머금고 대답하는 아내의 옆모습을 야스노리는 슬쩍슬쩍 살폈다. 오늘은 꽤 상태가 좋은 것 같았다. 오랜만에 언니를 만나서 조금 힘이 났는지도 모른다.

사이좋은 자매였다. 나이 차가 일곱 살이나 나기 때문인지 언니는 걸핏하면 엄마같이 참견을 하고, 여동생은 동생답게 그녀를 의지했다. 부모를 일찍 여의고 서로 도우며 살아온 탓도 있을 것이다. '내가 기누코의 부모나 마찬가지야'라며 처형은 자랑스럽게 가슴을 폈다. 남편까지 찾아줬으니 대단하긴 대단하지.

야스노리는 회사 동료의 결혼식에 갔다가 신부의 여동생이었던 기누코를 만났다.

정확히 말하면, 대화를 하게 된 건 피로연 후 2차 자리에서였다. 처형이 댄스 파티를 기획했었다. 당시 거리엔 댄스홀이 여럿 있어서 처형은 결혼 전부터 자주 춤을 추러 다닌 것 같았다.

그러면서 남녀가 짝을 짓게 되었다. 기누코와 마주 선 야스노리는 자기소개도 하는 둥 마는 둥 하고 우선 사과했다. 춤이라고는 태어나서 지금까지 한 번도 춰본 적이 없었기 때문이다. '신경 쓰지 마세요, 저도 그러니까' 하고 기누코는 기어들어가는 목소리로 대답했다.

정작 춤을 어떻게 췄는지는 기억나지 않는다. 어깨너머로 배운 솜씨로 몸을 흔들었겠지만 긴장을 너무 많이 해서인지, 어느 때보다 술을 많이 마셔서인지 기억이 쏙 사라져버렸다. 기누코의 연락처도 묻지 않았었다. 아니, 물을 수 없었다. 상냥하고 느낌이 좋은 아가씨라는 생각은 했지만, 처음 만나는 이성과 능숙하게 친해지다니 야스노리에게는 춤추는 것 이상으로 어려운 일이었다.

이제 만날 기회가 없을 거라고 체념하고 있었는데, 얼마 후 신혼부부의 집들이에 초대받았을 때 어찌 된 영문인지 기누코도 와 있었다. 기누코는 '얘가 꼭 오고 싶어했다'며 태연히 거짓말하는 언니의 뒤에서 부끄러운 듯이 움츠리고 숨어 있었다. 오지랖 넓은 언니가 억지로 부른 것이 누가 봐도 분명했다.

자매는 사이가 좋았지만 성격은 전혀 달랐다. 처형은 기가 세고 감정 기복이 심해 툭하면 행동으로 옮겼다. 기누코는 어느 쪽인가 하면 차분하고 그윽한 성격이라, 만사가 대체로 느긋했다.

처형은 야스노리가 가져온 보조 의자에 앉아 다리를 꼬았다.

"이런 일이 있으면 바로 연락해. 여행이야 중간에 끝내고 돌아오면 되지."

처형이 못마땅한 표정으로 말했다. 하긴 야스노리도, 기누코도, 조카들도, 그녀라면 바다 건너에서 달려올 것 같아서 굳이 알리지 않았던 것이다.

"언니는 너무 유난이야."

기누코가 웃자 처형이 한층 얼굴을 찡그렸다.

"당연하지. 단 하나뿐인 동생에게 큰일이 났는데."

"큰일이라니, 그렇게 거창한 일도 아니야."

병문안도 한번은 오지 말라고 말렸을 정도다. 도쿄에서 이렇게 멀리까지 오게 할 만큼 위급하진 않았다. 처형이 딸과 함께 사는 도쿄 시내의 자택에서 여기까지는 비행기와 특급전철로 갈아타고 세 시간이 넘게 걸렸다. 교통비도 숙박비도 만만치 않다.

"안정되기도 했고, 검사 결과도 나쁘지 않아요."

야스노리도 옆에서 거들었다. 처형이 눈살을 찌푸렸다.

"그래도 뇌졸중이죠? 뇌 관련된 병은 무섭잖아."

"네, 그래도 비교적 가볍다고 하더라고요."

담당 의사는 뇌졸중에도 여러 가지가 있다고 설명해주었다. 뇌의 혈관이 막히거나 터지는 것 전반을 가리키는 병명인데, 손상의 정도나 범위가 환자에 따라 다르다고 했다. 의식불명의 중태가 되는 경우도 있고 가벼운 현기증이 일다가 가라앉는 경우도 있다고 한다. 증상이 가벼우면 자각 증상이 거의 없어 본인도 눈치채지 못하고 지나가버리는 경우도 많다고 했다.

다행히 기누코는 수술할 정도의 중증이 아니라 약물요법으로 치료하고 있다. 지난주 받은 정밀 검사 결과로는 경과도 순조로웠다. 두려워하던 후유증도 가끔 왼쪽 팔다리가 가볍게 저리는 것을 제외하면 마비와 통증도 특별히 없을 것 같았다.

"제부가 빨리 발견해서 늦지 않았다며? 다행이야."

그제야 걱정이 좀 풀렸는지 처형이 살짝 표정을 풀었다.

"목숨의 은인이네, 기누코. 이젠 제부한테 꼼짝 못 하겠어."

"아니, 뭘 그렇게까지."

야스노리는 우물우물 말을 더듬었다. 당일 자초지종을 전화로 꼬치꼬치 캐묻는 대로 대답한 것이 이제 와서 후회스러웠다.

그날 밤 늦게 일어난 야스노리는 손을 씻으려다 욕실 탈의실에서 웅크리고 있는 기누코를 발견했다.

야스노리 부부는 저녁 식사가 끝나면 교대로 목욕을 했다. 먼저 야스노리가 하고 그 후에 기누코가 하는 순서는 결혼했을 때부터 변하지 않았다. 가끔은 먼저 하라고 야스노리가 권해도, 기누코는 '먼저 하세요' 하면서 반드시 야스노리가 먼저 목욕을 하도록 양보해주었다.

"당신 먼저 하세요."

목욕탕뿐만 아니라 그것은 기누코의 말버릇이었다. 밥을 먹다가 간장병에 동시에 손을 뻗었을 때도, 연말에 받은 과자 선물 세트에서 각자 좋아하는 것을 고를 때도, 외출에서 돌아와 집 대문에 들어올 때도, 그런 일상의 사소한 이런저런 일을 비롯해 무엇인가 둘이서 결정할 때에도 기누코는 오로지 남편의 의향을 우선하고 자신은 그 뒤를 따랐다.

"요즘 세상에 '남편은 하늘'이라니 너무 고루하지 않니."

반놀림조로 그렇게 말하는 처형은 기누코와 달리 그야말로 아내는 하늘이었다. 나이가 훨씬 많은 그녀의 남편은 서

글서글하고 포용력이 있어 아내가 하고 싶다면 싫은 내색 하나 없이 어울려주었다.

"그 사람이 내 부탁을 들어주지 않은 적은 딱 한 번뿐이야."

돌아가신 형님 이야기가 나오자 처형은 농담처럼 어깨를 으쓱해 보였다.

"죽지 말랬는데 죽어버렸지 뭐니."

10여 년 전 남편을 잃었을 때 처형은 관 옆에서 똑같은 말을 하며 울부짖었다. 그때 장례식에 참석한 손님들도 따라 울었다.

야스노리도 눈물을 참느라 안간힘을 썼다. 형님은 부하 직원이었던 야스노리를 회사에서도 귀여워해주었고 친척이 된 뒤로는 더욱 친하게 지냈다. 형님이 돌아가셨을 당시 야스노리 부부도 근처에 살았기 때문에 기누코는 볼품없이 초췌해져 틀어박혀 있는 언니를 걱정하여 자주 찾아갔다.

이윽고 처형은 조금씩 몸을 추슬리더니 이제는 본인 말대로 제2의 인생을 만끽하기 시작했다. 원래 취미도 친구도 많은 사람이라 희수(喜壽, 77세―옮긴이)를 맞은 지금도 여행이니 학원이니 바쁘게 지냈다. 부부 모두 외출을 싫어해 외출이라고 해야 기껏해야 근처를 산책하는 정도인 야스노리 부부를 보며 그러면 늙는다고 자주 설교를 했다.

"여자는 강하다니까."

그녀의 지론이었다. 여자 중에서도 당신은 특히 강해요, 라고 말대꾸할 수도 없어서 야스노리는 묵묵히 들었다.

"남자는 아내를 잃으면 훅 늙는다니까. 집안일도 못 하니 기누코도 제부를 남겨두고는 못 가지."

"아이참, 재수 없는 소리 하지 마."

그때 기누코는 깔깔 웃었지만, 이렇게 되고 보니 이제 웃을 일이 아니었다.

과연 그런 처형도 병실에서는 그런 재수 없는 소리는 하지 않았다. 비슷한 말을 에둘러댔지만.

"기누코, 빨리 좋아져서 집에 가야지. 제부도 혼자는 힘들어."

"그렇겠죠? 미안해요."

기누코가 미안한 듯이 중얼거렸다.

"난 괜찮아."

참기 어려운 기분이 들어 야스노리는 힘차게 고개를 흔든다.

3시쯤 처형과 같이 병실을 나왔다. 처형은 인근 호텔에서 하룻밤 묵고 내일 아침 다시 병문안을 왔다가 도쿄로 돌아가겠다고 했다.

병동의 긴 복도를 나란히 걸으며 야스노리는 물었다.

"저녁은 어떻게 하세요? 지금 같이 드실래요?"

"나는 알아서 먹을 테니까 걱정 말아요. 모르는 동네도 아니고, 친구에게 연락해도 되니까."

이 동네는 자매가 나고 자란 곳이었다. 기누코의 고교 진학과 처형의 취직을 계기로 도쿄로 이사했다고 했다.

"나보다는 제부나 좀 쉬어요. 얼마나 피곤하겠어."

하이힐 소리를 내며 걷던 처형이 갑자기 걸음을 멈췄다. 덩달아 멈춰 선 야스노리를 처형이 물끄러미 쳐다본다.

"그 애는 정말 괜찮은 거예요?"

뭔가 숨기는 것이 없는지 묻는 것 같았다.

"네."

야스노리는 신중하게 대답했다. 의사도 그렇게 진단했고, 검사 결과도 증명하고 있다.

"그래?"

처형이 의심스럽다는 듯 눈썹을 치켜올렸다. 자세가 좋아서인지 균형 잡힌 몸매 때문인지 멀리서 보면 키가 작은 느낌이 없는데 이렇게 마주 앉으면 처형은 생각 외로 몸집이 작았다.

"그런데 왜 기운이 없어?"

야스노리는 대답하기 곤란했다.

역시, 티가 나는 걸까. 그래도 오늘 처형이 병실에 있는 동안은 기누코도 밝고 자연스럽게 행동하는 것 같았는데.

"지금까지 큰병을 앓은 적이 없어서 본인도 좀 충격을 받았나 봐요."

야스노리는 다시 주의 깊게 말했다. 요 2주간 생각을 거듭해 도달한 결론이었다. 결론이라기보다는 바람이라고 불러야 할지도 모르지만.

야스노리가 이상한 점을 눈치챈 것은 기누코가 입원한 지 2, 3일이 지난 즈음이었다.

처음에 했던 걱정도 많이 줄었을 무렵 야스노리는 기누코에게 집안일 하는 법에 대해 몇 가지 질문을 했다. 결혼 전에는 혼자 살았기 때문에 최소한의 가사는 할 줄 알았지만, 40년 이상이나 아내에게 맡겨온 집안일은 역시 파악하기 어려웠다.

세탁기 돌리는 방법과 쓰레기 배출 요일, 순서를 확인하는 데까지는 문제가 없었다.

"그리고 냉장고 안은 어떻게 하지?"

야스노리는 물었다.

"다 먹지 못하는 건 버린다 치고, 저 고기는 아깝지. 얼릴까?"

"고기라니?"

"그, 스테이크용 고기. 다음 날에 먹기로 했었잖아. 아직은 괜찮을 거야."

기누코가 입원했던 10월 25일은 두 사람의 결혼기념일이었다.

기누코는 기념일을 중요시했다. 부부 각자의 생일을 비롯해 처형 가족의 기념일에, 부모님과 형님의 기일도 빠짐없이 기렸다. 매년 음식과 케이크를 직접 만들거나 축하 선물을 보내거나 불단에 꽃과 과자를 바치기도 했다. 게다가 세시풍속도 꼭 챙겨서 절분에는 콩을 뿌리고, 피안(춘분과 추분 전후 3일 동안을 합한 7일을 말한다—옮긴이)에는 떡을 먹고, 동지에는 유자로 목욕을 했다.

야스노리는 휴일이나 공휴일이라면 몰라도 자신의 생활에 직접 영향을 주지 않는 기념일은 자주 까먹었다. 팥밥이나 식탁에 장식된 꽃을 보고 나서야 오늘이 무슨 날이었지하고 기누코에게 묻곤 했다. 설령 몰랐다 해도 기누코는 야스노리를 책망하지 않았다. 기누코가 먼저 알려줄 때도 있는가 하면, 모른 채 지나칠 때도 있었다.

하지만 결혼기념일은 야스노리도 기억했다. 피로연 식사를 본떠서 같이 스테이크를 먹는 일은 40여 년 동안 연례행사처럼 하고 있었다. 올해도 예외는 아닐 터였다. 괜찮은 고기가 있어서 미리 사버렸다고 기누코도 전날부터 기대하고 있었다.

"스테이크용 고기?"

야스노리는 혼란스러워하며 천장을 쳐다보는 아내의 얼굴을 들여다보았다. 가슴이 두근거렸다.

"왜, 결혼기념일에."

기누코는 시선을 피하려는 듯 남편의 눈을 내리깔고 조금씩 고개를 끄덕였다.

"그래, 결혼기념일……, 그랬지……."

그날 집에 가기 전에 야스노리는 담당 의사를 붙잡고 사정을 설명했다. 의사는 가벼운 기억장애일 수 있다고 했다.

"뇌의 어딘가가 조금 상하면서 기억이 일부 사라졌을 수 있어요. 특히 발병 전후에는 뇌에 부담이 있기 때문에 최근의 기억이 불안정할 가능성이 있습니다."

그러고 보니 기누코는 목욕을 하러 갔다가 야스노리에게 발견되기까지의 일도 거의 기억하지 못하는 것 같았다.

"그래도 일상생활에 지장이 있을 정도는 아니잖아요. CT

나 MRI에서도 손상은 나오지 않았고요."

야스노리는 다소 안도했지만, 그 후로 기누코와 대화할 때는 주의를 기울이게 되었다.

지금으로선 의사의 말대로 그렇게까지 위화감은 느껴지지 않았다. 약간의 건망증이나 기억에 착오가 있을 수 있다. 아직 컨디션이 다 회복된 것도 아니고, 약의 영향도 있을지 모른다. 야스노리도 최근 몇 년 사이에 갑자기 건망증이 심해졌다는 자각이 있었다. 다섯 살 연하인 아내는 젊으니까 기억력이 좋을 거라 믿었지만 기누코도 벌써 70대였다.

그중에서도 더욱 신경이 쓰이는 것은 처형 말처럼 기누코가 풀이 죽어 있는 것이었다. 기운이나 의욕이라고 바꿔 말해도 좋을 것이다.

기누코는 원래도 처형처럼 활발하게 돌아다니는 성품은 아니었다. 말수도 그렇게 많지 않았다. 하지만 그렇다고 감정이 무딘 것도 아니고 무기력하지도 않았다. 눈도 입만큼 많은 말을 한다는 말은 기누코를 보면 알 수 있었다. 생기 있게 빛나거나 혹은 슬픔에 촉촉해진 눈동자가 기누코의 감정을 전해주었다.

그런데 그 눈빛이 왠지 흐려진 것 같았다.

야스노리나 의사가 말을 걸면 기누코는 똑바로 대답을 했다. 미소를 짓거나 눈썹을 찡그리고 표정도 바뀌었다. 하지만 그냥 내버려두면 언제까지나 멍하니 창밖을 바라보고 있었다. 손발을 움직이는 재활 운동도 크게 내키지 않는 모양이었다. 기누코는 성실하니까 재활 운동을 너무 열심히 할까 봐 은근히 걱정했던 야스노리는 맥이 빠졌다.

처형과 상의해볼까, 생각을 하다가 바로 고개를 저었다. 그녀를 끌어들였다가는 소란스러워질 것 같다. 좀 더 상황을 지켜보는 게 좋겠다.

처형에게는 그밖에 또 하나 물어볼 것이 있었다.

"저기, 처형."

병원 정문 앞에서 야스노리는 입을 열었다.

"이번 달 25일이 무슨 날인지 아세요?"

달력을 보고 대충 기억을 더듬어봤는데 도무지 알 수 없었다. 누군가의 생일인지, 기일인지, 어느 쪽도 짐작 가는 날조차 없었다. 그런 기념일이 아니라면 무슨 계획이라도 있었던 것일까?

본인에게 물어볼까도 생각했지만, 만약 기억을 못하면 어쩌나 싶어 포기했다. 야스노리나 의사의 질문에 대답할 수 없을 때, 기누코는 진심으로 미안한 표정을 지었기 때문에 오히려 묻는 사람이 견디기 힘들었다.

"이번 달……, 11월 25일 말이야?"

"네, 기누코가 달력에 표시를 해놓아서요."

"기누코가?"

치형은 잠시 생각하다가 아, 하며 눈가에 웃음을 지었다. 오늘 처음 짓는 자연스러운 미소였다.

"그거 우리 결혼기념일이야."

택시 승강장에서 처형을 배웅한 야스노리는 노선버스를 탔다. 산 위의 병원에서 운하가 흐르는 거리를 경유하여 집과 가장 가까운 정류장까지 30분 정도면 도착했다.

마침 버스가 정차한 참이었다. 열 명 남짓한 줄의 맨 끝에 서서 버스에 올라타 덩그러니 비어 있던 1인석에 앉았다. 안내 방송과 함께 문이 닫히고 버스가 움직이기 시작했다.

"다음은 언제야?"

한 뼘 앞좌석에 다가앉은 노부부의 남편이 아내에게 큰 소리로 말을 건네고 있었다. 아무래도 조금 귀가 먹은 것 같았다. 아내가 남편의 귓가에 입을 대고 대답했다.

"다음 달이에요, 다음 달 3일."

야스노리는 두 사람의 등에서 눈을 돌려 창밖을 바라보았다. 옆 차선을 달리던 노란 택시가 속도를 올려 버스를 추월

했다.

병원 복도에서 처형은 연신 감탄했다.

"기누코가 우리 결혼기념일까지 기억해주니? 걔는 정말 기억력이 좋구나, 걔도 참, 옛날부터⋯⋯."

그 기억력이 흔들리고 있을지도 모른다고 털어놓을 뻔하다가 야스노리는 꾹 참았다. 생각 없이 지껄이다간 '어쩌면'이 '엄연한 사실'이 되어버릴 것만 같았다.

"나도 곰곰이 생각을 해야 기억이 나지 평소에는 허둥지둥하다 그만 잊어버려. 올해엔 내 생일도 기누코에게 전화를 받고 나서야 알았을 정도라니까."

시누이는 3월생이다. 기누코는 매년 그날 그녀가 좋아하는 콩밥을 만들었다.

"부지런하기도 하지. 우리 손자, 손녀들한테까지 늘 선물을 보내주고."

기누코는 조카와 그들의 자녀들까지 항상 신경을 써주었다. 자신에게 자식이 없어서인지도 모른다. 도쿄에서 살 무렵엔 만날 기회도 많아서 조카들도 기누코와 야스노리를 잘 따랐다.

정년퇴직 후 지방으로 이사하자고 했을 때, 야스노리는 기누코가 외로울까 걱정이었다. 이사를 가면 처형네 가족을 비롯해 도쿄의 친구나 지인들과도 만날 수 없게 된다. 이 동네에 예전에 살았다 해도, 반세기 가까이 지난 일이다. 당시의 친구들과 교류하는 모습도 보지 못했다.

"그러게. 처음에는 외로울 수도 있겠네."

기누코는 시원시원하게 말했다.

"하지만 이제부터는 당신도 계속 집에 있을 거잖아."

그 대답을 듣고 야스노리는 왠지 30년 전을 떠올렸다. '아이를 낳지 못한다면 할 수 없어, 그래도 당신이 있으니까 괜찮아'라고 단언하던 기누코의 온화하면서도 결연한 얼굴을.

기누코가 기념일을 소중히 여기는 것도 아이가 없는 것과 관계가 있을까? 어쩌면 부부가 단둘이서 조용히, 나쁘게 말하면 단조롭게 사는 생활에 약간의 강약을 주려는 속셈이 있을지도 모른다.

기누코가 무사히 퇴원하면 제대로 축하해줘야지.

좀 괜찮은 레스토랑에라도 데려갈까? 병이 나은 지 얼마 안 됐는데 외식을 하면 지칠까? 냉동해놓은 스테이크를 구워주면 어떨까? 하는 김에 결혼기념일 이벤트도 겸해서 기누코가 하듯이 꽃과 케이크를 사는 것도 좋을지 모른다.

그래, 선물도 준비하자. 선물이라니, 신혼 때 이래로 해본 적이 없어 조금 쑥스럽지만 쾌유와 축하의 의미를 담아서 뭔가 작은 거라도 준비하자.

버스는 이미 언덕을 내려가 바닷가를 따라 달리고 있었다. 길 끝에 항구가 보이자 야스노리는 서둘러 하차 버튼을 눌렀다.

버스에서 내리자 바다 냄새가 코끝을 스쳤다.

돌이 깔린 길을 야스노리는 어슬렁어슬렁 걸었다. 항구 주변에는 운하가 있어서 관광지로도 인기가 있었다.

관광객이 비교적 적은 평일 낮에는 가끔 야스노리도 기누코와 이 근처를 산책했다. 쇼윈도를 구경하다 마음에 드는 가게가 있으면 들르고, 피곤해지면 커피숍에 들어가 쉬었다. 과자나, 젓가락 받침, 실내화 같은 사소한 쇼핑을 하기도 했다. 다양한 모양의 젓가락 받침이나 색색의 실내화를 보며 야스노리와 기누코는 충분히 시간을 들여서 집으로 가져갈 물건을 골랐다.

기누코는 무엇을 주면 기뻐할까?

기념일 선물이니까, 음식이나 소모품보다는 나중에까지 간직할 만한 물건이 좋을 것이다. 역시 몸에 달 수 있는 액세서리 종류가 좋을까. 꽃병이나 평소에도 쓸 수 있는 식기도 좋을 것 같다.

여성들이 좋아할 만한 물건이 있을 법한 가게 앞을 지날 때마다 야스노리는 멈춰 서서 안을 살폈다. 상당히 쌀쌀해진 탓일까, 어느 곳이나 입구의 문은 꼭 닫혀 있었다. 게다가 손님은 여자뿐이다. 남자, 그것도 노인 혼자 온 손님은 어디에도 없었다. 손님이 없는 가게는 들어갈 마음이 들지 않는다. 야스노리는 가게 점원과 말을 주고받는 데에 서툴렀다. 그것은 언제나 기누코의 역할이었다.

이런 곳을 혼자 걷자니 아무래도 심심했다. 게다가 자꾸만 무심코 뒤를 돌아보게 된다. 기누코가 반걸음 정도 뒤에서 따라오는 게 아닐까 싶어서였다. 아니라고 머리로는 알고 있는데도.

다시 나올까? 내일이라도 기누코에게 갖고 싶은 건 없는지 슬쩍 물어볼까.

버스 정류장 쪽으로 되돌아가려던 야스노리는 아까 그냥 지나쳐버린 좁은 골목을 발견했다. 몇 미터 앞에 커피숍 간판이 나와 있었다.

커피숍 안은 비어 있었다.

"편한 자리에 앉으세요."

젊은 단발머리 여 종업원의 안내를 받아 야스노리는 입구에서 가장 가까운 카운터 끝자리에 앉았다. 반대편의 끝에는 야스노리 또래의 남자가 한 사람 묵묵히 책을 읽고 있었다. 그 안쪽에는 훌륭한 오디오 장치가 갖춰져 있어 경쾌한 재즈가 흐르고 있었다.

블렌드 커피를 주문하고 나서 잠시 숨을 돌린 순간 가게 인테리어가 눈에 익은 걸 깨달았다.

2, 3년쯤 전인가 기누코와 산책을 하다 들른 가게였다. 무미건조한 체인점들과도, 관광객들을 위한 가게와도 다른 차분한 분위기인 데다 커피 맛이 일품이었다. 다시 오자고 말하고, 그 후에도 몇 번인가 찾아봤지만 어째서인지 찾을 수가 없었다. 그러다 잊어버렸는데 이런 곳에 있었단 말인가.

턱수염을 기른 주인이 낸 커피는 여전히 맛있었다.

커피숍을 나온 야스노리는 주의 깊게 주변을 둘러보았다. 이번에야말로 이 장소를 확실히 기억해두었다가 기누코가 퇴원하면 데려와야지. 주변 풍경을 마음에 새기고 돌아가려던 참에 문득 시선이 느껴졌다.

고개를 돌리자 젊은 남자와 눈이 마주쳤다. 그는 좁은 길을 사이에 둔 맞은편 가게 앞에서 출입문에 등을 기대고 이쪽을 보고 있었다. 언제부터 있었을까. 전혀 눈치채지 못했다. 두리번거리는 모습이 미심쩍었을까.

우뚝 서 있는 야스노리에게 남자가 환하게 미소 지었다.

"어서 오세요."

상냥하게 인사하더니 문에 손을 댔다.

직접 가게로 불러들여놓고 그 남자는 야스노리에게 말을
걸지 않았다.

"편히 보세요."

그러더니 안쪽 테이블에서 뭔가를 만들기 시작했다. 억지로
팔려고 들면 당장 나가야겠다고 긴장하던 야스노리의 어깨
에서 힘이 빠졌다.

가게 안은 맞은편 커피숍과 똑같이 안쪽으로 가늘고 긴
구조로 되어 있었다. 외관에 비해 안쪽이 넓었다. 묵직해 보
이는 나무 선반과 황갈색으로 잘 다듬어진 바닥에서 어린
시절을 보낸 고향 마을이 떠올랐다. 천장에 매달린 램프가
쏘아 올리는 주황색 빛도 어딘가 그리움을 느끼게 했다.

야스노리는 진열장으로 다가가 투명한 상자를 하나 집어
들었다. 안에는 정교해 보이는 금색 기계가 들어 있다.

오르골?

괜찮을 수도 있겠다는 생각이 들었다. 부피도 크지 않고,
일상에서 쓰는 물건들보다 의미 있어 보인다. 기누코와 함
께 좋아했던 커피숍 옆에서 우연히 발견한 가게라는 것도

뭔가 인연이 느껴졌다.

선반 한쪽에는 손수 만든 전단이 놓여 있었다. 기성품 외에도 좋아하는 곡을 지정해 만드는, 이른바 주문 제작도 가능하다고 쓰여 있었다. 까다로운 고객들은 좋아할지 몰라도 야스노리처럼 음악에 문외한인 사람으로서는 좀 고민이 되었다. 여기 있는 것들 중에서 적당히 고르자고 마음먹은 야스노리는 선반 쪽으로 돌아섰다.

오르골 상자의 옆면에 붙은 작은 라벨에는 곡명이 적혀 있었다. 팔을 뻗어 눈에서 멀리 떨어뜨리면 노안으로 보기 힘든 크기의 글씨들을 간신히 읽을 수 있었다. 모르는 제목이라도 시험 삼아 돌려보니 대체로 귀에 익은 선율이 흘러나왔다. 동요도 있고 클래식도 있고 가요도 있어서 지나치게 맥락이 안 맞는 가게라고도 할 수 있었다. 이 수많은 선택지 중에서 무엇을 골라야 할지 쩔쩔매던 야스노리는 좋은 것을 발견했다.

이걸로 해야겠다. 딱 맞네.

"선물하세요?"

야스노리에게 오르골 상자를 건네받은 점원이 살짝 웃었다.

"네."

혼자 와서 결혼행진곡이 든 오르골을 사 가는 손님은 많지 않을 것이다.

"사모님께요?"

"네."

"알겠습니다. 그럼, 박스도 선택해주세요."

점원이 보여준 견본 중에서 야스노리는 뚜껑 표면에 품위 있게 나무를 짜 맞춘 세공이 들어간 작은 상자를 골랐다. 현지 목공 장인의 작품이라고 했다. 색이 미묘하게 다른 나무 조각을 짜 맞춰 숲의 풍경을 만들어냈다. 나무 사이로 사슴이나 다람쥐, 여우 같은 동물들이 살짝 얼굴을 내보이고 있어서 너무 화려하지도 수수하지도 않은 것이 기누코도 좋아할 것 같았다.

"괜찮으시면 안쪽에 메시지도 새길 수 있어요."

그러고 보니 전단에도, 세상에 단 하나뿐인 당신만의 오르골, 이라고 적혀 있었다. 어느 정도 흥미가 돋았지만 조금 부끄럽기도 했다.

"아뇨, 괜찮습니다."

"모처럼이니까 새겨보세요. 메시지 아니면 두 분 성함이라도요."

장삿속이 없어 보이는 인상이었는데도 꽤 끈덕지게 권유했다. 혹시 추가 요금을 받는 걸까. 가격에 별로 구애받는

건 아니었다. 오히려 호탕하게 더 쓸 수도 있었다. 야스노리
가 고민하자 점원이 단호하게 말했다.

"공짜거든요."

"그럼 이름을 넣어볼까요?"

입씨름도 귀찮아져서 야스노리는 마음을 바꿨다.

"알겠습니다."

"그리고 날짜도 넣을 수 있을까요?"

"그럼요."

그가 기쁘게 고개를 끄덕였다.

뚜껑의 뒷면의 구석에 아주 작게 YASUNORI & KINUKO
라고 로마자로 넣기로 했다. 날짜는 10월 25일, 연도는 굳이
넣지 않았다.

야스노리의 신청서를 훑어보다 점원이 고개를 갸웃했다.

"시월이오?"

어르신이 실수로 잘못 썼다고 오해한 것 같다. 보통 이런
선물은 당일보다 미리 준비해두니까.

"네, 10월 25일요. 좀 늦었죠."

11월 25일은 자신들의 결혼기념일이 아니라 형수의 기념
일이다. 야스노리는 문득 무언가에 생각이 미쳤다.

혹시 기누코도 실수한 것일까. 달력에 표시를 잘못한 게 아닐까.

병원에서 처형의 말을 듣고 야스노리도 납득이 되었지만, 곰곰이 생각해보면 기누코가 언니의 결혼기념일을 일부러 적어둔 것도 이상했다. 형님이 살아 계시면 모를까 이제 혼자가 된 처형에게 결혼기념일을 축하하는 것도 부자연스러울 터였다.

기누코가 기대한 것은 처형이 아니라 자신의 결혼기념일 날짜가 아닐까. 사실은 10월 25일에 동그라미를 하고 싶었던 거 아닐까.

하필이면 10월 25일과 11월 25일을 혼동한 것인지도 모른다. 어쩌면 달력을 한 장 더 넘겨버렸을 수도 있다. 11월을 펼쳤는지도 모르고 10월이라고 착각해 표시한 게 아닐까. 처형에게서 부재중 전화로 병문안 날짜를 들었던 야스노리가 11월 10일로 알고 10월 10일의 요일을 착각했던 것처럼.

분명히 그럴 것이다. 기누코는 25라는 숫자에 동그라미를 친 다음에야 착각을 눈치챘을 것이다. 그러니까 다른 예정과 달리 숫자 아래 일정을 적어두지 않았던 것이다. 전부 앞뒤가 맞았다. 잘못 적었다고 보는 게 기누코답다. 어쨌든 기누코는 기억력이 아주 좋았으니까.

분명히 그렇다. 어느 정도 마음이 가벼워지는 것을 느끼면서 그렇지 않으면 어쩌지 하고 야스노리는 생각에 잠겼다.

아니면 그 시점에서 이미 기누코의 뇌에 문제가 생겼던 것일까? 그래서 평소라면 하지 않을 실수를 저지른 것일까?

이제와 생각해보면 조짐이 있긴 했다.

그날 10월 24일, 저녁 식사 때부터 기누코는 안색이 나빴다. 말수가 적고 젓가락질이 느려서 야스노리가 식사를 끝냈을 때에도 기누코의 접시에는 음식이 절반 가까이 남아 있었다.

"당신, 괜찮아?"

걱정이 되어 묻자 멍하니 있던 기누코는 어색하게 웃었다.

"미안해요, 좀 피곤한가 봐. 내일 모처럼 맛있는 걸 먹으려는데, 얼른 나아야지."

"아프면 너무 무리하지 마."

"날씨가 갑자기 추워져서 몸에 한기가 들었나 봐. 목욕탕에서 목욕하고 일찍 잘게요."

"그래, 오늘은 당신 먼저 목욕하는 게 좋겠어."

"아니에요, 이따 할게요."

기누코는 딱 잘라 거절했다.

"먼저 하세요. 난 정리도 하고, 목욕도 오래할 거니까."

만약 야스노리가 그때 조금만 더 권했다면 그 후의 전개도 달라졌을까.

정리 같은 건 됐으니까 어서 쉬라고 권했다면. 먼저 목욕을 하게 했다면. 그랬다면 기누코의 발자을 더 빨리 눈치채지 않았을까. 적어도 늦게까지 방치하지는 않았을 것이다. 대부분의 질병이 그렇지만 특히 뇌졸중은 발병 직후 대처가 빠르면 빠를수록 좋다.

그날 야스노리는 태평스럽게 목욕을 오래했다. 욕탕에서 나온 것은 8시쯤이었을까. 그리고 기누코가 목욕하는 동안 이불에 드러누워 책을 읽었다. 평소엔 목욕 후에 수마에 사로잡혀 기누코가 침실로 들어오기 전에 잠드는 일도 많았지만, 그날 밤은 기다릴 생각이었다. 아내의 몸 상태가 걱정스러웠던 것이다.

기누코는 좀처럼 돌아오지 않았다.

책장을 뒤적이고 있는 사이에 야스노리는 꾸벅꾸벅 졸아버렸다. 이름이 불린 것 같아 눈꺼풀을 뜨는 순간 그저 잠깐 깜박 졸았다고 생각한 것은 침실의 모습이 별로 달라지지 않았기 때문이다. 천장의 불은 켜진 채였고 옆 이불은 텅 비어 있었다.

야스노리는 오줌이 마려워 복도로 나왔다. 맨발에 나무

바닥이 차가워 눈이 번쩍 떠졌다. 종종걸음으로 손을 씻으러 가다가 발이 멎었다.

복도 끝에 있는 탈의실 미닫이문이 희미하게 열려, 한 줄기 빛이 새어 나오고 있었다.

"기누코?"

탈의실 안을 들여다보고 야스노리는 흠칫했다. 속옷 차림의 기누코가 고개를 숙이고 바닥에 쭈그려 앉아 있었다.

"왜 그래?"

야스노리가 말을 걸자 기누코는 느릿느릿 뒤돌아보았다. 얼굴이 하얗고 젖은 머리가 이마에 달라붙어 있었다.

"좀 흥분한 것 같아, 어지러워서."

기누코는 허리를 펴다가 다시 쭈그려 앉았다.

"괜찮아? 무리하지 않는 게 좋겠어."

무릎을 꿇고 기누코를 부축하려다 야스노리는 다시 흠칫했다. 속옷 너머로 만져도 알 수 있을 만큼 기누코의 몸이 차가웠다.

순간 세면대에 놓여 있던 디지털시계를 올려다보았다. 시간은 새벽 2시가 넘어 있었다.

오르골이 완성됐다고 연락이 온 것은 정확히 2주 후였다.

그다음 날인 11월 25일에 야스노리는 병원에 가기 전 가게에 들렀다.

이번에도 여전히 손님은 없었다. 지난번에 본 점원이 이번에도 혼자서 가게를 지키고 있었다. 야스노리의 얼굴을 기억하는 듯 완성된 오르골을 재빠르게 테이블 위에 꺼내 보여주었다. 주문했던 대로 박스 뚜껑에 이름과 날짜—11월 25일이 아니고, 10월 25일—가 새겨져 있었다.

"괜찮으시면 들어보시겠어요?"

"아뇨, 괜찮습니다."

모처럼 산 선물이니 처음은 기누코와 함께 듣고 싶었다. 퇴원 축하도 겸할 생각이었지만, 이렇게 실물을 보니 빨리 주고 싶어졌다.

"사모님께서도 마음에 드시면 좋겠습니다."

종이 상자에 오르골을 넣으며 점원이 말했다.

입원한 지 한 달이 지나도록 기누코의 용태에 눈에 띄는 변화는 없었다. 정기적으로 받는 검사 결과는 계속 양호하다고, 순조롭게 회복되고 있다고 의사들이 되풀이했지만 야스노리는 아무래도 그대로 받아들이기 어려웠다.

문병은 매일 갔다. 야스노리가 병실에 들어가면 기누코는 대개 침대에 누워 작은 TV를 보고 있었다.

"몸은 좀 어때?"

"그냥 그래요."

"그렇군."

항상 하는 대화가 끝나고 나면 더 이상 할 이야기도 없었다. 둘이서 TV 화면을 아무 생각 없이 바라보았다.

야스노리는 가끔 몰래 아내를 보았다. 아내의 무표정한 옆모습이 왠지 모르는 여자처럼 보였다. 기누코는 집에서는 좀처럼 TV를 보지 않았다.

"모든 게 다 전 같을 수는 없어요."

의사는 반쯤 위로하듯 타일렀다. 그것은 야스노리도 알고 있었다. 알고는 있지만 아무래도 자꾸 예전의 기누코와 비교해버린다.

재활 운동도 그다지 진척이 없었다. 하는 편이 좋다고 야스노리가 재촉하면 기누코도 얌전하게 따랐지만 내켜서 하는 것 같지는 않았다. 아프냐고 물으면 그렇지도 않다고 두루뭉술하게 대답할 뿐이라 더욱 갈피를 잡을 수 없었다.

"기누코는 뭐든지 제부가 정하게 하잖아."

젊었을 때 처형은 종종 그렇게 놀렸다.

"그렇지 않아. 나도 생각하고 있어."

기누코는 우습다는 듯 반론을 했다.

"생각을 해보고, 따라야겠다고 정한 거야."

하지만 지금은 어떨까.

남편을 따를지 말지, 다시 말해 남편의 의견을 따를지 말지 과연 기누코는 스스로 생각하고 있는 깃일까. 야스노리의 눈에는 그저 기계적으로 시키는 대로 하는 것처럼 보였다. 나아야겠다는 의욕도, 고쳐야겠다는 의지도 보이지 않았다.

"조급하게 굴지 마세요."

의사는 야스노리에게 말했다.

"재활 훈련을 좋아하는 환자가 드물어요. 금방 결과가 나오는 것도 아니고 귀찮게 느껴지는 게 자연스럽죠."

상식적으로는 일리 있는 말이다. 그러나 기누코는 그런 성격이 아니었다. 귀찮다고 해야 할 일을 게을리하다니 기누코답지 않았다.

"의외의 계기로 갑자기 컨디션이 좋아지는 경우도 있어요. 남편분도 긴 안목을 가지고 지켜봐주세요."

그럴듯하게 설득하는 의사에게 야스노리는 따지고 싶었다. 정말 좋아지는 것인가. 그렇다면 언제 좋아지는 것인가.

기누코는 언제나 먼저 하라고 양보해주었다. 몇 년이고, 몇 십 년이고 계속 변함없이. 갑자기 남편을 두고 먼저 가버린다니 믿을 수 없다. 어딘가, 아득히 멀고, 까닭 모를 장소로 혼자 가버린다니.

리본이 달린 상자를 건네주자 기누코는 침대 위에서 웃음을 터뜨렸다.

"뭐예요?"

환한 미소에 야스노리도 안도했다.

"선물이야, 결혼기념일."

"결혼기념일?"

기누코가 신기하다는 듯이 되물었다.

"오늘이 10월 25일이에요?"

일순 야스노리는 말을 잇지 못했다. 목소리가 떨리지 않도록 주의하면서 대답했다.

"아니, 11월 25일이야. 한 달 지났지만 올해는 축하를 못했으니까."

"아, 그렇구나. 그랬었지."

기누코가 천천히 눈을 깜빡였다.

"잠깐 멍해서 헷갈렸어."

"괜찮으면 열어봐. 손은 괜찮아?"

마음을 가다듬고, 야스노리는 선물을 열어보라고 권했다.

"응, 괜찮아."

기누코는 조심스럽게 리본을 풀고 종이 상자를 열었다.

"어머, 멋지다."

기누코가 나무 세공이 들어간 작은 상자를 양손으로 들고 실눈을 떴다. 뚜껑을 살며시 열더니 안을 들여다보았다.

"오르골이네. 들어볼까?"

"그럼. 이리 줘봐."

야스노리는 기누코에게 오르골을 건네받아 바닥의 태엽을 충분히 감고 침대 옆 테이블에 놓았다. 소박하고 사랑스러운 멜로디가 흘러나오기 시작했다.

"어?"

저도 모르게 목소리가 새어 나왔다. 기누코가 고개를 갸우뚱했다.

"왜 그래?"

오르골에서 나온 멜로디는 야스노리의 예상과 달랐다.

안의 기계와 겉 상자를 조립할 때 뭔가 착오가 있었던 것일까. 이럴 줄 알았으면 가게에서 받았을 때 제대로 들어보고 올걸 그랬다. 모처럼 의욕적으로 선물을 준비했는데 엉뚱한 실수를 하고 말았다.

"기누코, 이건……."

설명을 하려다가 야스노리는 입을 다물었다. 기누코가 양 손으로 입가를 가리고 눈을 부릅뜨고 있었다.

"그리워라."

기누코가 작게 중얼거리며 입에 대고 있던 손을 내려 야 스노리 쪽으로 똑바로 내밀었다. 영문도 모르고 야스노리는 아내의 두 손을 잡았다.

"하나, 둘, 셋."

완만한 삼박자 리듬에 맞춰 기누코가 맞잡은 손을 흔들 었다. 하나, 둘, 셋. 하나, 둘, 셋. 야스노리도 점점 이 곡을 어 디서 들어본 적이 있다는 생각이 들었다. 언젠가, 먼 옛날 에…….

"이거 무슨 노래였지?"

"어머? 기억 안 나요?"

기누코가 손을 놓고 의아하다는 듯이 물었다.

"그러면 이 곡은 왜 골랐어요?"

"음, 그건……."

왈츠가 조금씩 늦어지더니 마침내 뚝 끊겼다.

"춤췄잖아요."

기누코는 애타는 듯이 말한다.

"춤췄다고?"

앵무새처럼 되풀이하며 야스노리는 숨을 죽였다. 예전에 한 번, 기누코와 둘이서 춤춘 적이 있었다. 우아한 왈츠 가락에 맞춰 벌벌 떨면서.

수십 년 전의 오늘, 11월 25일의 일이다.

"잘 기억하고 있네."

"소중한 추억인걸요."

나에게는 말이죠, 하고 기누코는 장난스럽게 덧붙여 말했다. 달력에 붙어 있던 표시가 야스노리의 뇌리에 되살아났다.

"당신을 처음 만난 기념일이니까."

착각한 것도, 표시를 실수한 것도 아니었다. 기누코에게 11월 25일은 매년 되새겨야 할 중요한 기념일이었던 것이다.

야스노리는 살며시 오르골을 집어 들고 태엽을 다시 감았다.

다시 울리는 음악에 맞추어 기누코가 다시 손을 흔들기 시작했다. 아까보다 더 활발하게 어깨까지 함께 움직이며 황홀하게 눈을 감았다.

벚꽃 잎이 사뿐히 운하 수면으로 내려앉는다.

"안 피곤해?"

야스노리는 옆에서 걷는 기누코에게 말을 걸었다.

"아니, 전혀요. 기분 좋아요. 봄 냄새가 나네."

"금방 도착할 거야."

날씨가 좋아지면 산책을 겸해 그때의 커피숍에 가자고, 야스노리는 기누코가 퇴원했을 때부터 약속을 했다. 추운 지방이라 봄이 늦게 왔다. 5월 연휴를 눈앞에 두고서야 겨우 산책을 즐길 수 있는 날씨가 되었다.

"이런 데에 있었구나."

좁은 골목으로 발을 들여놓으며 기누코가 들뜬 소리를 냈다.

가게에 들어가 카운터 중간에 나란히 앉아 블렌드 커피를 두 잔 시켰다. 전에 있던 종업원은 보이지 않고, 점장이 혼자서 가게를 운영하고 있었다.

"오래 기다리셨습니다."

카운터 안쪽에서 점장이 기누코에게 먼저, 이어서 야스노리에게 커피 잔을 조용히 내밀었다. 향긋한 냄새가 코를 간질였다.

"아, 역시 맛있네."

기누코가 컵을 양손으로 들고 한 모금 홀짝이더니 만족스럽게 말했다. 그리고 카운터 끝에서 여성 고객과 잡담을 시작한 점장을 슬쩍 눈짓했다.

"저기, 저 주인, 전에 왔을 때는 안경 쓰지 않았었어?"

"그랬나?"

"아마 그랬을걸. 뿔테에 동그란 렌즈로 된 거."

"잘도 기억하네, 벌써 몇 년 전인데."

야스노리가 지난번에 혼자서 여기 왔을 때, 즉 반년쯤 전에 왔을 때는 점장이 안경을 썼었는지조차 기억나지 않았다.

"사유리네 남편과 좀 닮았다고 생각했었어, 확실해."

"기누코는 정말 기억력이 좋구나."

감탄하고 생각나서 덧붙이다.

"그 오르골 곡도 반세기 가까이 지났는데 기억하고 있고."

"잊지 못하지."

기누코가 컵을 컵받침에 놓더니 눈을 치켜뜨고 야스노리를 바라보았다. 망설이는 듯이 잠깐 사이를 두었다가 입을 열었다.

"하지만 첫눈에 반했으니까."

야스노리는 아내를 말똥말똥 쳐다보았다.

수줍은 미소를 띠고 매끄러운 볼을 장밋빛으로 물들인, 촉촉한 눈으로 이쪽을 올려다보던 여자의 얼굴이 아내의 얼굴과 겹쳐졌다.

"······몰랐어."

"말하지 않았으니까요."

기누코는 민망한 듯 눈을 돌리더니 아참, 하고 어조를 바꾸었다.

"나중에 오르골 가게도 한번 가보고 싶다. 이 근처 맞아요?"

갑자기 과거에서 현재로 되돌아와 야스노리는 눈을 깜빡였다.

"그런 얘기도 했었나?"

"했잖아. 앞을 지나가다가 점원과 눈이 마주쳐서 들어가야 했다고."

기누코는 미간을 찌푸리며 어이없어했다. 야스노리는 아내가 가끔씩 짓는 이 표정을 좋아했다. 한때 볼 수 없었기 때문에 더 좋아하게 되었다.

"저기, 혹시."

카운터 저쪽에서 가게 주인이 조심스럽게 말을 걸어왔다.

"오르골 가게라면 건너편 가게 말씀이세요?"

"아, 네에."

느닷없이 말을 걸어와 당황해하는 부부를 점장은 번갈아가며 보았다.

"거기는 이전했어요."

"어머, 그래요?"

"근처로 말입니까?"

"아니요, 꽤 멀리요."

이전한 곳의 지명을 듣고 야스노리는 기누코와 얼굴을 마주 보았다. 확실히 멀었다. 일본 열도의 기의 북단에서 남단으로 갔으니 꽤 큰맘 먹고 움직인 것 같았다.

"바로 지난달에 갔어요. 아쉽네요. 오르골 사러 오셨어요?"

주인이 아깝다는 듯 말했다.

"아니요, 이미 샀어요."

야스노리는 고개를 흔들었다. 기누코가 말을 이었다.

"너무 마음에 들어서 고맙다고 한마디 하고 싶어서요."

야스노리는 그 점원에게 감사뿐 아니라 질문도 하고 싶었다. 결혼행진곡이 도대체 어떻게 왈츠로 둔갑한 것인지.

"잘 먹었습니다."

안쪽 손님이 말을 걸자 가게 주인은 야스노리에게 한 번 인사하더니 그쪽으로 향했다.

"아쉽네."

기누코의 귓속말에 야스노리는 작게 어깨를 으쓱했다.

뜨거운 커피를 홀짝홀짝 마시면서, 하지만 하고 생각에 잠겼다. 언젠가 뜻밖의 순간에 문득 수수께끼가 풀리는 날이 올지도 모른다. 3년 만에 발견되는 커피숍도 있고, 50년

만에 밝혀지는 진실도 있으니.

그 후로 연달아 손님이 들어오면서 가게는 만석이 되었
다. 카운터 안쪽을 분주히 오가는 가게 주인을 불러 계산을
마친 뒤 야스노리와 기누코는 자리를 떴다.

"이제 뭐 하지?"

"폐선로 쪽으로 가볼래요? 산책로 입구에 화사한 벚나무
가 있었잖아."

"아, 그랬었지."

"집에 갈 때 벚꽃떡도 사요. 유람선 타는 곳 건너편에 있
는 일본과자집에서. 거기 전에도 맛있었거든."

"좋지."

야스노리는 문을 밀어젖히고 등으로 받쳤다.

"먼저 가시죠."

아까는 몰랐지만, 문에는 아르바이트 모집 공지가 붙어
있었다. 건너편 가게의 셔터에도, 세입자 모집과 벽보가 붙
어 있는 것이 보였다.

"감사합니다."

댄스 파트너에게 인사하는 것처럼 거드름 피우는 몸짓으
로, 기누코가 스커트를 잡아 올렸다. 환한 미소를 머금고 밝
은 모습으로 걸음을 내디뎠다.

말도 안 되게 시끄러운 오르골 가게

1판 1쇄 발행 2022년 6월 23일
1판 3쇄 발행 2022년 11월 3일

저　　　자 다키와 아사코
옮 긴 이 김지연
발 행 인 유재옥

본 부 장 조병권
편 집 1 팀 김준균 김혜연 박소연
편 집 2 팀 정영길 조찬희 박치우 정지원
편 집 3 팀 오준영 곽혜민 이해빈
디 자 인 김보라 박민솔
표지디자인 곰곰사무소
라 이 츠 김정미 맹미영 이승희 이윤서
디 지 털 박상섭 김지연
발 행 처 (주)소미미디어
발 행 등 록 제2015-000008호
주　　　소 서울시 마포구 토정로 222, 403호(신수동, 한국출판콘텐츠센터)
판　　　매 (주)소미미디어
제 작 처 코리아피앤피
영　　　업 박종욱
마 케 팅 한민지 최원석 최정연
물　　　류 허석용 백철기
전　　　화 편집부 (070)4164-3960, (070)4253-9250 기획실 (02)567-3388
　　　　　　 판매 및 마케팅 (070)4165-6888, Fax (02)322-7665

ISBN 979-11-384-0928-5 03830

* 책값은 뒤표지에 있습니다.
* 파본은 구입하신 서점에서 교환해드립니다.